槑庵詩藁

王槑庵——著

國家圖書館出版品預行編目（CIP）資料
槑庵詩藁/王槑庵著. -- 初版. -- 高雄市：麗文文化事業
股份有限公司, 2025.05
面； 公分
ISBN 978-986-490-264-4(平裝)

863.51　　　　114004422

槑庵詩藁

作　　者　王槑庵
發 行 人　楊宏文
封面設計　黃士豪
內文排版　魏暐臻

出 版 者　麗文文化事業股份有限公司
802019 高雄市苓雅區五福一路 57 號 2 樓之 2
電話：07-2265267
傳真：07-2233073
購書專線：07-2265267 轉 236
E-mail：order1@liwen.com.tw
LINE ID：@sxs1780d
線上購書：https://www.chuliu.com.tw/
臺北分公司　100003 臺北市中正區重慶南路一段 57 號 10 樓之 12
電話：02-29222396
傳真：02-29220464
法律顧問　林廷隆律師
電話：02-29658212

刷　　次　2025 年 5 月
定　　價　350 元
I S B N　978-986-490-264-4（平裝）

LIWEN
PUBLISHER

目錄

壬寅

槑庵詩藁 卷二 庚子至辛丑藁……五三

槑庵詩藁 卷三 戊戌至己亥藁……九七

槑庵詩藁 卷四　春明觀物篇……一一五

槑庵詩藁 卷五 海外雜事詩……一三七

槑庵詩藁 卷六 談瀛齋瑣言

槑庵詩蘗 卷七 讀詩雜誌……一八九

序一

昔聞江浙人言，天下文章，首推江浙。江浙文章，首推吾家。吾家文章，以吾兄為第一。吾兄文章，每待寓於我目，而後能定。此固笑談，然讀槑盦詩，慨然有天下文章得寓於我目之感。

予少年為詩，迄今三十三載。不辭溪壑，不辭枝蔓。每每愛不顧悔，素不厭涅。丁酉歲得識槑盦於臺北，曾攜手赴瀛社，有賞蘭之詠。槑盦者，王博之號也。網名子罕，號槑庵，又號逄乙。蓋愛丘滄海詩，乃減筆易字，改逢甲為逄乙。時以交換學生，自申江復旦負笈臺大。予掌乾坤編務，又為《全臺詩》編校，乃時時與槑盦共讀臺賢之詩。槑盦別具隻眼，論詩雅不喜隨聲。復非臺人，無孝子賢孫之累，故每有攻玉之論。新竹鄭用錫，開臺進士也。以〈勸和論〉入中學課本，人多韙之。槑盦反覆研讀其《北郭園詩鈔》，謂其無聊。此論頗與先輩伊川擊壤之評合、而大乖於時見也。復讀彰化舉人陳肇興《陶村詩稿》，愛其胎息老杜，深折節之。詢於臺地研究生，乃深訝於陶村詩非臺人所必讀。陶村詩一度入選高中文言十五篇，以其題有「番」字犯時諱，終不獲選。其評古人如此，評時賢亦然。

或有問習詩之道於予者，予每借前賢之論以勸之：讀漢唐詩以高其眼界，讀今人詩以便於下筆。廢古則格局隘陋，廢今則無所措詞。予以工作研究故，頗讀今人之詩。及讀槑盦詩，始知高眼界不必讀古也。槑盦少予十四歲，其詩遠邁於予。誰謂李杜少年、不足以啟邵伊川耶？余自丁酉以前，作詩是一番心境；丁酉識王，又是一番新境界也。

槑盦學成返滬，時與臺灣師友社群切磋，每每同題構思，同詩接句，曾不覺山川阻隔。未幾而遇庚子大疫。當局控管疫情，頗多約束。值此之世，飛沫盈空，疫癘縱橫。封閉傳染，舉世共感同愁，豈特兩岸而已哉！尚幸路阻而網通，故猶得時讀新作。知詩人以詩療疾，宜其有所寄慨也。

槑盦習詩於臺灣，亦時時發表於臺灣。予准《全臺詩》之例，亦得目槑盦為臺灣詩人。今有《槑盦詩稿》在臺出版，索序於予。予恐措詞譾陋，一再遷延。今值二校，拖無可拖，乃略敘交遊因緣以塞責，非敢勗之也。

乙巳清明　吳東晟　序於臺中霧峰

序二

昔年余初涉網間，即好公詩，如老樹著花，盤虬霞綺，清健沉著，骨面並具。特喜「蕭瑟人間蘆荻花」諸什，哦誦難忘。公北人居滬，往還江南。凡佳山勝水，古迹名刹，攝其精靈，淹浹肌骨。林濤幽壑，秘響潛通；鬼斧磋磨，極天嵯岈；雲影鑑水，淼淼揚波；大鐘梵唄，花雨爐香。應物斯感，喟然神往。又有日本雜詩數十，風物栩栩，一時如踐。公多歌哭時事，幽憤鬱勃。而沉瓜浮李，茶嘆鳶戲，觸興落筆，靜觀自得。又喜奇對，閱輒拍案。蓋詩人之心，憂時憫世，親愛萬物，兩端兼作，其少陵遺風歟。「忒修斯欲補之船」，人素樂道。余以為向世磨洗，如舟木換易，今我故我，並作恆沙，孰分眞幻。幸有詩事，能留鴻爪。余強為此序，小子何知，質木鄙淺，不勝惶怍，公其恕之。

乙巳春　因紐特齋謹識於滬上

槑庵詩藁 卷一 壬寅至乙巳藁

石門 王槑庵

乙巳

乙巳上元

疊疊如鰲立，居停得澱山。迴旋仍隙地，捆載復江關。水石低昂接，光明障蔽頑。鑿通煙火氣，鄉味話吳蠻。

隔斷車如市，微餘塔影髡。朱緣伏虎字，冥雨悅禽言。坱莽燈天合，聲靈地數尊。多君石罅水，明滅照空門。

甲辰

天池山雜詩

林谷潛通鐵索斜，未為鷹擊已谽岈。梯雲儻說波西格薄暮登蓮花頂，遇摩托車隊沿狹徑俯衝而下，觀者莫不驚懼，布地真逢訶宅迦。瞰水玉凫能化履，升虛石室憶藏花。不堪一觸蓮峰壁，鬼斧惟看鳥道遮。右蓮花峰。

囂然排闥看山横，突兀樓亭斧削成。望氣已占無豹隱，按圖宛似一龜城。旁通寂鑒先朝寺，倒瀉寒枯東壁聲寒枯泉在寂鑒寺內，去池北不百步。釣老巖徒還夕惕，只今魚腹但彭亨。右天池。

草莽烏鳶氣並嚴，望之飛翥復居潛。中潭咒鉢仙人器地亦稱仙人潭，下壑荒墟石井鹽。蕞爾飢坑生地喙，空然捫壁到螺尖。導源尚可資窮瀆，白馬龍池一脈兼。右老鷹谷。

絕處梯梁路不歧，巧言缺舌出林時。石將軍首看駢立有石馬翁仲碑亭夾道而立，古樹旛絲並倒垂。解籜兒拳兼犢角，崩岩碩腹擬鴟夷。雲根百丈盤旋得，匍伏諸峯北面師山南與靈巖諸峯一脈。右天池勝境。

九月三首用奇觚廎韻

九月郊墟對弈楸，向城山勢鬰如甌。紛喧野老歸來語，蹴蹋衣塵鬱律秋。頗異蚊仍支衆喙，竊聞蛙欲王南州。江干自是盤桓地，萬井星羅夜枕樓。

空門落木盡蕭寥，九月溪光爽氣銷。只許蒼鷗識僧面，定看烏塔失垣腰。擁街雨轉天殘醉，匝地蟲談語隔宵。默覺風濤窺客意，吹寒乍過水西橋。

市聲九月隔樓臺，破暝天風歷亂裁。接畛未修存浦漊，拓墻早欲殺蒿萊。旁鄰買鯽兼秋貴，詰屈尋鐘與岸回。惆悵圩堤南面柳，矧如人立看歸嵬。

癸卯

癸卯上元

萬燭當窗歲正臨，樓高真欲礙花林。孰何綽約丁星意，了此勾萌甲坼心。亦有春燈工倩笑，那援暝坐與愁禁。冰檐火戲兒時味，已報城南天雨金。

奶茶雜記

啖薑已識思吴膾，佐茗何妨薄蜀鹽。乞得蒼頭老奴物，莫嫌滋味不能兼。乾隆有詩薄蘇「薑新鹽少茶初試」句，謂「入薑已傷茶質，必無入鹽之理，蓋蜀中烏嘴茶有此法。用鹽則正宜於今之奶茶，王肅賤茗飲，不無阿其所好，然而薑鹽并用，實益芳腴。子瞻蓋未知此矣。」

茶闢車馬漢官儀，不是梯航入貢時。讋服諸藩同獻進，賚恩差值一盤絲。打箭爐諸番之土司與漢官相見，以奶茶相送，則以塊茶、綾緞等物答之。事見《清稗類鈔》。

紹興黃酒清且佳，汲水村臨薜荔階。芼以府山桂花末，可敵北方酥迭差。蒙語呼奶茶為酥迭差，差音近釵。見《竹葉亭雜記》。

紹興雜詩

環山河

門對小河環，搖簸如相請。時訝一舟來，溪雲左右屏。拒石起梁津，據水成鄉井。家家筍兒拳，承筐篩日影。筍兒拳即筍乾，見陸游〈假中閉戶〉詩自注。

鵞池

父子碑當前，祖孫碑在右。摩劃出風翎，指點看肥瘦。今人不愛鵞，畜養真吾疚。放之蘭渚邊，莫為虛名售。

山筍

其生與階齊，其萌同箭速。拂曉尚銜泥，日夕已成竹。江南微雨春，何慮山童禿。處處供香積，終朝飽巖腹。

䲁䰲湖

稽古梅山側，疑名黃顙湖越人呼為「狭猔」，字書不載。今讀若「昂桑」，考明季張憲有〈汎舟黃顙湖望梅山〉詩，疑湖名本此也。又，雲間大可兄謂《閩中海錯書》有䲁䰲。《玉篇》收䱉字，市羊切。黃䱉魚，即俗名黃辣丁者。以其字太僻，故口語所呼昂刺、黃顙者，皆從黃䱉叶音，合陰陽對轉之例。其說精審若此，茲附記之。人間餘絳道，天際補春蕪。夕鳥低銜石，篷舟遠負嵎。須彌風拍碎，吹末到菰蘆。

東湖

綿綿宕山户，遺此鑿空身。坐井天垂相，因風斧劈皴。桃仍前度竊，洞自不曾臣有仙桃、陶公二洞。絡繹蕩舟子，高談飲馬人。

對月

莽然四象運衡璣，觸眼昤龍光影移。是粒是波都不問，非神非兔欲何為化小魚兒〈荒郊〉詩句。墮天我亦思牛頓，漲海人猶畏洛希。如此晦明交織日，勾三股四上弦時。

龍華寺新鑿小池用琉璃為底下有茶室隔水可仰觀塔影用韻分詠之

磨礱休說石無根，矪有膨脝覆瓦盆。列牖三光餘畫紙，掘泉九軔若為源。車猶溟涬天中過，佛衹須彌座上恩。坐到鐘殘僧定後，若從浦溆見星繁。用小魚兒韻。

虛堂翻用佛為名，林外鐘風蟬翼輕。塔豈孤懸團座得，天惟一隙鑿空生。命之蚓竅蛙鳴地，只此盤深斗大城。人影樓光都突兀，游魚早自占雲京。用書影韻。

蒔花不救古頹唐，起築池魚接雁行。到者窺談如井坐，神乎嘘噫與春亡。就中石室虛靈白，其上泉波混沌黃。四壁清齋方外友，城南何處有壺觴。用鐵壑齋韻。

天台雜詩十首為珠箔作用奇觚廎韻

記得天台好，遙襟帶甬州。南東猶拒鳥，五百尚疑牛五百大羅漢居焉，言牛者趙州禪師公案也。亭影成飛鉢，山形遂覆甌。種桃巖下水，休說膩如油。

不見剖竹者，來棲赤城山。水石鴟頭子，林聲鴃舌蠻。泉皆垂白出，路自斷蒼還。梯索風雷末，搖搖欲墜間。右天台二首。

記得瓊臺好，壅崇對列屏。中藏一龍蛻，如振萬鴉青。地迴疑無寺，翬飛但有亭。風波搏擊力，無珮亦玲玲。

聞說仙人谷，今為鱗介居。倚天垂老癭，向壁指殘書。匿影蛟为祟，穿空石可渠。雲淵交匯處，一線界龍魚。右龍潭二首。

記得禪扉好，苔茵宛轉逢。畬田丁字水，山寺卯雲鐘。塔以飛來錫，僧兼方外農。庭花樸且茂，吾亦祝清丰。

記得山門側，豐干尚署橋。翻風白鷺鶿，剌水短秧苗。累土前生佛寒拾亭前有七支塔奉過去七佛，故言及之，千柯已爛樵。頗怡斤斧赦，草木漫夭喬。右國清二首。

記得丹砂好，燒城力破觚。洞于山抱甕，風借木張弧葉鞠裳句「偽易削張弧」，然彼句用人名，於例似複而非複。立壁仙何在，餘霞氣所驅。道人行腳健，波外問雙鳧。

北峰銀地嶺，疑坐道門西。掩竹斫難罄，捫蘿迴得棲。乍涼雲在壑，十步壟為梯。下者牽黃犢，隨身雨一犁。右赤城二首。

記得銅壺好，奇峰既抃鰲。壁于嵯半坼，魚或躍空濤。結夏臨風竇，追寒下石濠。山翁掉頭去以魏默深〈觀瀑歌〉有「山僧掉頭」句云，何事謝相褒。右石樑。

記得明巖好，遮巒更九層。至今尊亞父傳其地為范增隱居所，猶說待雙僧。伏澗存龍印，空潭厭鳥繩。林陰應可翳，真不費團簦。右九遮。

柯巖二首用奇觚廎韻

記得柯巖好，巒蝸隱石牀。沒根雲得骨，一鏡水浮桁。起翮膚腴木，盤陰磥砢墻。終朝香火社，歲歲望豐穰。

水天迂闊處，瓶鉢訪藜牀。驤首疑無路，磐牙賴有桁。衝波倚巖寺謂普昭禪寺，白瓦綠苔墻。土穀祠前樹，何尤問孔穰。

端午帖子 談瀛齋以歐陽修〈端午帖子〉「香黍筒為粽，靈苗艾作人」句中擷字為韻，得五首

陳浮兄將賃屋城北，用艾字為韻

奇草居中葉為外，左綰青條右薄蛻。枯者已是三年陳，家家蒲艾插蒲艾。五色裁絲長命帶，朱紫囊橐各文旆。移居漫説北城遙，呼君看此江南最。

冰夷之滬，風雨隨至，用黍字為韻

閉戶炎州悶雷鼓，梅子初黃客端午。人間久渴咽初蟬，鳴不得鳴生狂蠱。喧闐寧以沸焦

釜，大者如粟沉江雨。瞻迎休問過江誰，且數游鱗共角黍。

鐵壑齋兄以西域轉經筒見示，用筒字為韻

密咒虛懷巨腹空，如簧何啻響丁東。百轉於斯垂零露，坐使秦川隔海風。丈室今疑化人宮，追索仁王疆域中。自笑知佛不知佛，辜負陳生好經筒。

題書影鬥龍舟圖，用粽字為韻

遠近歌吹籠霧霿，簇合村橋士女眾。聞風看奪錦標回，搖城水遏鱗光動。戰鵁纏菰誰遺賵，荷樵采箬青青粽。臨溪更解風俗淳，桂城簫鼓大如甕。

題珠箔湖荷圖，用作字為韻

向人爽籟紛然作，當暑湖風破花萼。恍疑池乃聚沙成，如雹如珠累累若。亦如朱紱垂青絡，斜掩低光相沸灼。坐近婆娑石塔身，入篆烟波生漠漠。

大可兄囑題明代正德六年上海縣儒學祭器銅爵

我聞恪恭昔奉祀，如在春秋上丁祭。牲用太牢樂登歌，器曰瓶罍曰尊觶。紛紛管籥禮明倫，古松梧竹煥然備。可憐文脈每凋殘，亦如樓閣作興廢。或燀水火或兵氛，祲盛今餘縣學記。百年一物已無存，此後遑論器不器。古銅訪自劫灰來，幸此生還偶然遂。重煩考索與觀摩，多君解識明堂位。惟殷以斝周以爵，旁采吉金成定制。我觀此物殊恢奇，其腹烏圓口亦侈。上銜二柱相棱層，下鑄三足尖雀尾。中間一帶範鑄痕，摩拓雲雷備紋理。文言置器者徐公，廿字陰文寬四釐。對之恍在夫子堂，坐覺宮墻隔尺咫。於斯鳳羽想零光，博古還推嚴博士。願為永保此子遺，先聖後賢百世俟。

望洋

望洋欲就邈岑樓，稍被虛濤壓一頭。豈止波心餘睥睨，直從風末識痀僂。建都大邑鄰為壑，問濟諸公芥以舟。見說九隅爭吐水，盤空何處著龍虬。

盤雲

盤雲如蜺亦如蜃，罨畫樓臺斷影中。夾跱不妨分肘腋，濁清原未發矇瞳。尚餘骨相連蜷木，已辟塵骸澒洞風。四面軒窗饒穩坐，只移鵬背障硿礲。

熬波

辛卯福島事後，囤積食鹽碘片者甚夥。然則碘片保質一載，食鹽保質三載，氚半衰期十二載，恰辛卯去今之歲也。乃有人壽非金石之歎，戲作〈熬波〉篇解嘲。

熬波何濙濙，海水何瀰瀰。宿沙煮鹽澤，冬夏無竭時。沿洄十二載，原子猶可疑。人壽非金石，安抵半衰期。垣墉勤北海，無若後世嗤。

冬日

風雨蕭條邑，灰寒坐不敤。連陰猶繼踵，緩帶但依尻。古火蜂窩藕蜂窩煤亦稱藕煤，以其多孔云然，輕裝馬海 Mohair 毛。從容一相憶，頤養過蠶繅。

冬日疊前韻

乾坤草莽客，行止各由敖。納牖容鼯足，當門踞虎尻野貓頗不以居人為異，日夜虎踞當門，亦一樂也。居惟清淨域，食可潤貂毛。舊俗看洴澼，絨棉手正繅。

閉戶齋居門側唯枯木一墩三疊前韻

輾轉巢蜈際，窮年此踞敖。獨存留彊項，爭啄厭高尻。岪歙風生穴，舟車地不毛。婆娑待江曲，重念柳如繅。

補蘇州前遊詩四五疊前韻

輕行躡磐石，屐履自舒敖。試叩雙巖腹，還封一洞尻。木影支蛇蛻，風篇礫蝟毛。透迂回首處，邂逅答山繅。

小築全為曲，湖嵌足笑敖。所怡虛有徑，其褊恰容尻。歌咢懷風德，枯榮見土毛。閒門隨杖履，志未礙耕繅。

癸卯仲冬湖水驟寒凍結，有鴻鵠頓踣其上，不能奮舉，殆所謂「作企鵝行」者

歲晏江湖各控摶，中堅澤腹曲為蟠。欲扶羲馭真無計，不減堯崩尚有寒。滑滑履冰臨澗壑，娉娉學步得邯鄲。虛盈老鶻將雛意，鴻小猶為刷羽翰。

壬寅

壬寅上元

上元清事悵空還，稍見東南失髻鬟。指點花燈對殘夜，依稀縞素得春山。片時海碣回寒際，終古天機坐鎮間。故國魚龍初不寂，試扶民力起恫瘝。

煙花

數無可數焰光滰，吐穗探珠意尚婪。任指顧生如此樹，縱斯須滅比于曇。星君灼爍朱看碧，電子躍遷青出藍。一瓣不沾時化雨，風燈石火寧非貪。

二月二日哀齋出尋燕巢

會憐老子婆娑處，翹首知君衡氣機。世外真龍何所蟄，海東石燕豈矜飛。鑑裁花草仙人跡，牽綴春風短裄衣。為指南山桑五畝，欲從荒楚建青旂。

櫻堤柬柳清如

宛轉風鬟照水圻，可宜頌禱答春衣。贈人咫尺櫻塵雪，已破愁城四面圍。

夜雨

春驚靈吼事無何，彈壓江山淚不摩。大幕風燈搖動裏，自疑光怪偃蛟鼉。

上巳

祓禊山川到野亭，東風坐飲意空冥。不聞舉世皆如醉，獨向江南避此青。閱柳一城春者壽，淪泉三漱石之腥。湔裳士女歸來否，空折花枝照瓦瓶。

清明

臨窗小試為花趺，一刹群囂跡已蕪。真羨風光隱城堞，似矜衰朽與江湖。眼中帝力垂裳治，室外春機得氣蘇。惟有斯文遲後死，慰人心事倚松株。

野塘

花間稚子蓬頭坐，忽作江山笠釣圖。趣比豚魚貪利涉，信如風澤起中孚。蔽空水薢浮春沼，拍岸沙禽倒眾雛。寄語煙波舊行客，豐年曾赦一竿無。

野塘垂釣

自理風波對釣蓬，餘年真駐野人叢。靜中煩惱無根樹，池上浮漂不倒翁。躍水游鱗還色色，連鰲妙手日空空。有時白鷺須臾坐，解笑先生背似弓。次陳浮韻。

落花詩

欲殘春影掩溪橋，漫點林花作市朝。浩劫之間長養劇，亂邦不入死生遙。蝶真蟻幻原同命，蝸角蟲天若可邀。又坐滿城繁絮裏，準將心事告參寥。次儀柔韻。

玄機腐朽默中參，居士樓前萬影涵。春亦灰心從槁木，妝成黃面想瞿曇。桃之夭蘊天然格，荷爾蒙非性所貪。陌上歸來誰祭掃，惟君一處小蒲龕。次青璞韻。

五月二十一日夜行，見數鄰密議於小區鐵圍板下，因戲言「汝欲逾墻而走乎」。眾驚嘩，乃目余為社區督察，遂作鳥獸散焉

隱隱遑遑三眾庶，焉能因我警而嘈。小人勇武有誰是，夫子門墻無此高。諸葛一生惟性慎，群萌退步見心牢。啞然大笑燭之武，臣老何堪夜縋逃。

五月

三春作客衣，五月衡山路。隙日照人烟，又見梧桐樹。用鄭騫〈出山海關〉詩意。

初熱

十年海上炎洲客，空憶春風刻骨論。吐臆蟬蛾疑變夏，撼城花木欲齊門。諸梁朝夕之間事，野老芹蒿以外言。獻到百官多炙手，要看霖雨下中原。

觀戰篇

率我書生，號以卒伍。伐東海君，討西王母。縱橫捭闔，生死渾忘。蜷身者蜎，攘臂者螳。有覆巢窠，有涸轍鮒。有屠龍心，有式蛙怒。念汝積弊，及我勛勞。將軍射虎，天子射潮。誓於興師，莫自反顧。不孝則梟，不仁則鷺。「若恭爾事，寡人無功。狼豺在野，龍虎從風。苟不克敬，寡人之罪。待假黿鼉，待整鯫鮾。乃宅汝民，乃建汝家。不然為鶴，不然為沙。」鴻漸於陸，夜黯於死。燦燦星辰，赫赫天子。

調青弦兄望江門因雨阻行

北旱南洪日，長途阻且疲。邇來留寓客，獨倚望江碑。不見魚蠻子，空歌菜擔兒清季此門外江塗田野，鄉民以種菜為業，遂有「望江門外菜擔兒」之謠。遙遙羨車馬，明日取逶迤。

謝夕鳴姊贈秋海棠詩

童時見此花，一鉢阿翁蓄。片片墨痕生，點點白斑簇。戲比孔雀翎，翎身綴百目。大葉擬鵬翮，未覺窘邊幅。余生魯且愚，固不識菽粟。但記阿翁言，前身在溪谷。如何造化工，偶寓鄉人屋。轉植向石盆，瓶身劇褊促。性不資繁陰，竊揆充嘉木。春風與曲蘗，可待孫枝福。今得此瓶花，纔著尖尖角。出谷既崢嶸，在水猶青淥。莽莽念鴻荒，養根如太朴。日日閉簷扉，無使槁且暴《廣群芳譜》：「性好陰而惡日，一見日即瘁。」。感君一株功，動我兒時趣。嗒然寄所思，難為一一足。

溽雨

三界風輪壞可疑，鎮看海水坐須彌。城門得喪餘池火，遠近交攻及藕絲。強辯真成童子問，先占非復牧師儀徐家匯教堂為晚清預報天氣之所，今氣象局址存焉。頗懷倒井吞江渴，請遣魚龍質酒卮。

東晟丈囑以「改」「海」字為競病體五絕戲成

所念隔山河，能胥地殼改。譬如上古初，世界無紅海。

磨刀雨歌

珠箔詠雨詩有「且借橫流洗慧刀」句，頗為友人稱頌。按江南有以關帝生日之雨為磨刀雨者，因戲作此歌寄意。

江南磨刀雨，河東曬甲天。只惟氣象殊，巧以物周旋。地廣則神異，歷久則世遷。胡為妄作洗兵說，乃與青龍偃月相勾連。固知謠俗亦可廢，長歌但擬破蒙昧。溟濛太虛有陰陽，此既明時彼輒晦。即如蜀山一日一宮中，有時氣候亦相悖。偏守一隅功，何以賅世界。我聞大九州，其俗又有易。若曼陀之花，若迦陵之翼。阿波羅之弓，波塞冬之戟。充斥印歐希臘間，美爾丹風 Meltemi 吹地瘠。他方若有洗兵歌，十二神祇俱可溺。宙斯其怒天惶惶，獅子雷音與錘擊。或曰諸神怒亦有窮時，以此洗兵何太費。無若洗出八蓮花，聽取佛陀善取譬。此如是亦非如是，頗疑佛理亦相似。若有帝釋有修羅，戰之藕孔玲瓏地。所持非斧非劍非槍亦非殳，諸天磨洗是何器。滔滔洪水擁須彌，煮海銅山魚龍沸。不妨呼作火焰刀，一時艷煞鳩摩智。我語雖荒唐，此事固兒戲。但知謠俗因地復因時，四海八荒有輪替。洗甲洗戈無不可，笑汝有刀焉用慧。吾友珠箔君，聽之必不屑。養蓮根摧折，見穹窿列缺。始知非必慧如刀，知君自蘊胸中鐵。誠祈妙善自珍藏，無使千古萬古能磨滅。

蟹足

《荀子》云蟹有六跪，《大戴禮》則言八足，或以六八訛字為說。余觀海蟳巖蟹之屬或亦有六足者，戲作此篇兼呈陳浮兄。

萬象自森羅，造物有真訣。十尾亦稱魚，三足亦言鼈。六足則鮯魪，九首則蠪蛭。芸芸屬種間，變化誠稠迭。水族及鱗蟲，海錯圖同列。入海既為蟳，大者或為蠘。溝瀆則蟛蜞，至小則蟚蜮。擁劍意橫行，豪恣步近桀。諸如此類中，二螯亦有別。左者大而髡，右者小而皰。折之隨復生，既生隨復滅。執此證經文，渾如無定說。須知鱗介居，未必池中物。東海有蝤蛑，尾足頗似楫。橫海自逍遙，在水猶跕躞。稱楫不稱跪，因名實所設。裨補於六足，合舉亦成八。倘知盡信書，難免為書褻。大戴與荀卿，莫辨孰近切。何如左傾醪，渡江飽饕餮。哀哉蔡司徒，無為爾雅噎。

食月

簡公有「一月如畫餅，或為人食餘」句，作此調之。

不見蟆食月，且喻人食餅。古人想象豐，今不得其領。西北有神山，龍即燭之秉。鰥目極晝生，闔目則極冥。必抉目為喻，非聖即妖眚。故於眉睫閒，勞勞辨暝晷。我謂古人癡，玉川子亦悍。二帝與九龍，非凡夫可省。雖眇不妨視，雖盲不礙瞑。其形固可滅，其神猶自警。非惟我邦俗，泰西亦同穎。魔欄農之門，巴拉多其頂。巍峨鐵塔巔，更矗重瞳影。拊膺嘆簡公，食古既如鯁。胡為腹便便，坐致腸梗梗。唯乞月無蝕，夐然照金皿。

當街美容院易為菜市戲成

已嘆門庭冷，兼憐面目黧。攤中白蓮藕，猶帶火山泥。

題陳彥言畫蝶箑睡貓圖

零露漙兮，碎玉研砞。中心怛兮，不寐何如。書空咄咄，吉夢蘧蘧。迷蝶有羽，嗟爾狸奴。

初涼用囧月兄韻

晴沙頹影照焉支，似訢江湖瞑眩時。倚樹風蟬仍對客，泊門海鳥已無斯。不援胥溺滔滔下，空付微瀾梟梟知。滿眼神州搖動意，敢煩涼燠問蕪辭。

室壁　鄧小南師課上速記

室壁中空萬卷存，雜留民戶與玄元。名為功罪屠沽諱，絹帶倫常父母恩。移鼠經雖頒海內，蟄龍訣亦屬嘉言。舊邦新命從何卜，累盡敦煌道士魂。

集句賦得北風與太陽

震行坎止遞相酬胡健〈元旦〉，頃刻炎涼在轉眸葉昌熾〈我聞續述〉。蹀躞衣冠仍此世陳三立〈晴坐貽劍丞〉，山人麑鹿尚為裘葉昌熾〈穫麟〉。已知朔氣催寒盡康熙〈南苑橋上大風〉，頗訝奇功挾纊收葉昌熾〈涇州雜詩〉。狡獪天工誰試手葉昌熾〈輿中見籬邊垣下桃花盛放〉，微軀此外更無求杜甫〈江村〉。

魚阿祖詩

邦羽兄有魚將產子，遂以「魚阿公」「魚阿祖」自比，余意不可，作此調之。

昔為魚阿公，今作魚阿祖。汝子降雲龍，餘子不足數。盆缸納溪山，蘊草皆岡岵。水氣調澄濁，燈光照牝牡。餅餌每相投，似粟從天雨。龍子及龍孫，于此得憐撫。憶彼太初年，鱗蟲殊自苦。黃帝製車輪，羲皇作網罟。造化轉無功，萬類遭陵侮。遂使涸轍中，珠沫煩相呴。我亦憐魚人，塵埃與甑釜。魚為人腴膴，人為我刀俎。慷慨念勞生，轉幸得燕處。一笑子非魚，切莫思江渚。

十月四日東佳璇，是日重九

南荒雲物話應難，指點汀沙溷石巒。孰兩龍鐘對殘霽，不徒狼藉問初寒。簪花客竟蟬聯去，護水城如蠖屈看。此是秋陰蟠蟄始，欲矜晚節待更闌。

十月十日夜風漸歇

杳杳街燈亂晏温，萬靈簀鼓一相尊。臢看石影欹傾坐，尚覺林濤婉晚存。斷井泥垣餘蚓穴，穿絲壁罅有蟲言。老夫立噤圖南語，未假扶搖叩海門。

珠箔手抄吾詩一箋偶為滴水所浸漫漶如花光然即題

淋灕光影一痕無，氣欲通靈骨已蘇。未有丹鉛呈怪變，終成心血漭模糊。照人襟袂污隆意，寫古江山水墨圖。亂眼花容對枯筆，再看霖雨活菰蒲。

枯松

零落階庭偃蹇逢，虛名漫議大夫封。更無朽幹巢遺鷇，腨禱寒泉起伏龍。四海盡成娛主地，獨榮真辱不臣松。際天草樹荒城裏，憶蔭江南一角峰。

即目口占

高欄晾弊衣，偶如片鴉墮。有稚子拾之，掛置槎枒左。此樹老龍虬，死亦槃礴裸。人言杜德機，忽作褌蝨所。據褌以為窠，久必蟲絲裹。切痛四鄰憂，螟蛉與蜾蠃。晝則緣壁飛，夜即趨燈火。此褲主人誰，早棄為安妥。嗟呼世相殊，或謂童心叵。

廷玉丈命作年輪詩即集一絕

四時更代謝阮籍〈詠懷〉，金石有終始江淹〈效阮公詩〉。何處結同心無名氏〈蘇小小歌〉，唯當松柏裏釋亡名〈五苦詩〉。

題髡殘〈山高水長圖〉二絕

一片雲封千丈壁，此間山氣濁難裁。風涼便入空亭坐，見慣松聲裂帛來。

歲久已忘花變滅，雲深宜養石嵯峨。林外釣舟何日繫，至今篷上長烟蘿。

湘湖舟行分韻得煥字

先照試晨曦，山容就清盥。愛此十月冬，落木已搖岸。刺水作湖遊，舟道從中判。殘靄對岧嶢，流波相炳煥。我行誤花時，荷衹餘禿榦。受任禽魚嬉，遂與黃蘆亂。偃仰下空濛，搖兀逢亭觀。指點問舟公，此亭何日墁。答以越王來，枯榮兩無算。

江雨

大野經冬活，群靈有屈伸。城陣初寂寂，蛇鳥故振振。試就菰蒲雨，仍窺培塿身。回舟風不定，魚勝過江人。

槑庵詩藁 卷一 壬寅至乙巳藁 終

槑庵詩藁 卷二 庚子至辛丑藁

石門 王槑庵

辛丑

答鐵壑齋沙暴詩

遠從西海喻塵揚，艷説流沙到此黃。渥土但疑天雨粟，筏舟真見夜封羊岸灘多見羊皮筏子。數村巢燕参差屋，亂石蹲鴟上下岡。是水濁時花氣盡，春人宜此事農桑。

題鐵壑齋遊沙湖小照

悵想斯人度隴先，封疆不復問居延。春生瀚海闌干地，人在仇池小有天。尚有鋒車驅古戍，當時飛詔下甘泉。空餘廢壘殘關去，十里營屯待作田。

再題二絕

蒼茫戰壁起平蕪，上有祥雲靉靆圖。白日長纓吾不繫，故教生獻五單于。

尚憶封章舊事無，三關邊釁詎如初。漢皇或有和戎策，不報單于尺二書。

丁酉年嘗藉單車取道指南宮後山，未果而返，作此補記兼示尹諾兄

踐草衝寒膹錦泥，斫藤曾此問清溪嘗試茶於此。驀然人語春將暮兄有「一言未著天將暮」句，

余以為妙絕，不待雲封客已迷。磴險許知泉石古，宮深疑在磬風西。單車行過諸天界，鐵索青峰未可梯有貓空纜車鐵索橫亙。

軍宇兄近作遊山海關讀丘逢甲數題，隱然有家國之慨，作此以附驥尾

伏闌風雨憶登樓，動我渾茫弔古愁。漠漠旂旌春燕尾，栖栖鱗甲老龍頭。負經白馬窺關入，浮海蒼波劃界流。對汝三山談故國，大荒經外有孤洲。

寄丁杭州初度

傍山虛館倚雲根，遠岫分青欲到門。次第水窗明淺渚，江湖鱗羽驗晴痕。坐禪花影疑前歲，入市春風隔眾喧。只欠蘆汀舟一葦，人間滄海待重論。

清明有憶兼示書影

替槐新火遍天南，野老聞風異舊談。乞祭之餘常有雀，樹桑無雨恰宜蠶江南古俗。封縣士已焚山臥，拄杖人於上壟耽。尚友古懷春不管，梨花麥飯許重諳。

近世詩壇頗有以輿圖志為譏者，即題一首答廖明輝詞長

野史閒蹤如是評，南州忽現小寰瀛。眼中陡起天龍國，海上虛傳打狗名。拄杖客言猴硐驛，挾書生拜馬兵營。一津何限滄浪水，不復傷心問濯纓。

太魯閣號有悼

直南輿軌吾曾識，右擁青山左碧濤。有柏已忘何歲植，出崖纔讓一人高。忽聞東海失雙鶴，無復滄洲逢六鰲。鑠骨銷金都未補，明年輪鐵壓蓬蒿。

五月十四夜雨驟作

海上何人辨此田，吳兒洲渚變雲煙。數拳頑石曾甌缺，四角飄風幸瓦全。過斛量舟珠不夜，浮艫驤首坐忘年。蜃之窟與龜之息，輸與天吳袖手先。

丁杭州寄花生數盒並詩箋一紙，即作奉答

許為題詩動古懷，湖山一紙色親裁。有花不朽攜春至，慰我猶堪及夏來。

虎丘雜詩

頻年弓劍過吳東，到此休談白虎通。為汝千僧添一座，要看石友與春風。千人坐。其東有東丘亭，楹有聯云「負郭烟雲堤七里，鄰溪簫管石千人」。

巢南遺墓久荒涼，塔影松風各擅場。吳甸衣冠殊勝雪，遊人爭拜古真孃。陳佩忍墓。在虎

丘南麓，去擁翠山莊西不百步，而人跡罕至焉。

小駐青蒲燕子低，萬竿環翠到西溪。如何不見栖雲寺，憔悴山塘七里堤。西溪。此間亦有地名西溪，風致頗似杭州。

摩空說法近高臺，三面青蘿老石苔。有子窺之九千歲，虛張猿臂待歸來。石桃。其字傳為舊時山僧果嚴所題，不知何許人也。

雲在溪翁杖履中，鱗鱗已不辨仙蹤。池光肯識波臣意，春海長鋒夜化龍。劍池。人言吳王闔閭葬其下。

甌雪鬟風過蘂欄，幾人襟袖砥波瀾。登門試片雲岩葉，招手煙濤入座寒。冷香閣。適逢閉館翻修，聊作一絕遣興。

湖橋石舫至今存，檢點軒楹剩嚙痕。多少丹邱閒道士，不曾焚鼎鑄山門。小武當。此地有明人所立青石牌坊，遺文渙漫。

偶坐溪山僻處嘉，我來亭館足煙霞。贈君海碧桑紅色，留補江南扇底花。中和橋。橋畔遇畫扇老翁，鬚眉盡白，所繪者後山花木也。戲贈此絕。

六月廿四暮見飛鳥

市樓高共羽林屯，回轉雲眸作蹙痕。四面天聲孤坐盡，片時風葉晚來喧。將雛寧與巢相覆，有喙空嗟海可存。正落滿城頹照裏，多君鼓翼過吾門。

龍華寺翻修有日當重過之

緣溪直拜舊沙門，試想花鈴塔影存。小院蛛絲枯著壁，空階水色黯盈軒。觀荷已過叢殘日，欲語終成躑躅言。萬法先修不動義，當時應悔愛風幡。去歲訪寺不遇得句：「到寺雙扉靜，穿花一徑空。心幡都不動，何以報春風。」

夏至夜坐

杳杳陰生夏木昏，亦無白雨漲封門用柴犬句意。坐來瞑鳥生疏客，久對初蟬寂寞言。松老欲疑身化石，心齋莫辨叟非猿。驀然車水飄鐙過，留得中天片月痕。

恣飲

恣飲那堪近日邊，揭来赤口試城堅。井荒已作藏蛙地，溽久真成飼虎年民諺謂秋熱如虎。脫網江魚譏爨火，扶堤沙柳淬潭泉。水中歌館灘頭月，闌入清齋栢子煙。

初伏二首

為避炎蒸寓柳灣，老夫出處枕江關。巨池鼃黽身同穴，小室蚊蠓力負山。微覺蘋风生此界，故知松石與吾頑。值歸恰好逢鄰叟，云自浮瓜抱蔓還。

謾于苦渴學相濡，曾記蜷荷待雨無。到處蟬蜩有晴日，不妨傀儡狀今吾。連雲野燒明江水，挾影危樓入坐隅。語海談冰徒一濟，居然槁木尚能蘇。

南荒

南荒積暑見飛翰，一水方鳴眾竅安。喚起魚波狎舟去，分攜海氣為花殫。但增老木檀欒意，只得時人旣毦看。斂翮江湖終不語，神州鼎沸亦無干。

八月十六日雨

時雨方滋蔓可圖，重城消息渺愁余。似言野色鴻濛極，欲變民風草昧初。衆鳥黏天疑有道，數藤緣木了無魚。坐中百感兼秋緒，掠眼腥埃恐不如。

霧失

霧失此明月，路易斯微燈。繁華人間世，混濁果粒橙。

今別離

君自建康来，應示健康码。來日小窗前，隔離十四夜。

晚晴二首，時逢水患

翩翾入暮雲，婉晚巢紅蕚。江海化微禽，咕咕媚林壑。

棲旅風濤外，家山溟渤中。莫將殘照影，啼作海桑紅。

九月十三日燦都掠境

珠雨彈丸地，丁東響薜蘿。人疑小夜曲，野有大風歌。坐想魚吞月，陳言豕渡河。行舟與游鯽，今恐過江多。

日月壺觴外，乾坤爐冶中。虛懷斯若谷，大翼乃培風。又見鯨波碧，攜來蜃影紅。溟濛稱上德，焉不恤沙蟲。

混沌開天際，斯焉竅未詳。女媧石待補，秦帝海難量。墜地添龍吼，傾河潰蟻防。浮桴無所用，瓠落問蒙莊。

紙船

一紙風雲會，皤然童稚初。何人繕完葺，折此木舟虛。積水非膠芥，衝波比貫魚。遠征沙世界，諾亞亦何如。

十月十五日雨

城南草木態伶俜，一剎風濤黯渚青。即趁秋聲飲白露，不然魚腹失滄溟。倒冠有鳥纓斯濯，跌水之蘽建以瓴。此事鄰僧渾未解，烹茶只自澗銅瓶。

十一月五日秋雨時歇柬佳璇

倒景迴舟事亦難，瞑然鴉背影諸巒。南荒海霧挾天立，一葦湖風嘘籟寒。儘覺枯鱗得水既，尚餘白燕點波看。坐知秋漲搖燈久，留與斯人照歲闌。

小極夜坐，聞民工掘牆于院、鄰者調琴于室，二子交攻數巡，戲調之

四野遺聲到徹棖，一稱墻合一宮懸。大夫病且居門側，小藝名堪破道先。示有危傾從九戒，設之黍稷告加籩。汙池土蔡原何異，自換溫寒五色鮮。

題珠箔小園枯木照

辛苦移家負此窠，土鱗殘甲塹經過。老懷正擬參時變，一葉誰言障目多。遂見楩楠無所用，未饒斤斧爛終磨。默然根骨隨緣滅，請禱寒芒告逝波。

再題枯木次木奴韻兼柬瑤山諸兄

人間匠氏寒斫木，潦倒江湖深客衣。此樹相思物不惡，緣斯數巢春打圍。槁悴固慚天所

赦，養時既飽颺之飛。餘材尚可安片席，與日浮搖君莫違。

枯木柬珠箔

故人江海驚蕭瑟，弱植三秋待汝還。始識翬飛虛有翼，漫誇魚背大如山。依稀老孽形骸氣，想象岑樓方寸間。夢寐蒼波引之去，試探石罅與癃瘨。

枯松

人間膏火焚煎地，轉憶秦封亦可憐。後死千秋遺眾妬，養生其患對孤蜷。先春府肺槎枒意，餘事溪山老悖年。木杪天風吹劫燼，狀如鱗骨脆如綿。

枯木

我于百物逢春後，由說湖山最盛年。欲以蕃生為善者，不知擇扣即硿然。孟德爾無傷此木，忒修斯亦補之船。異時闌入輶軒語，象齒荒林豈自捐。

我欲

我欲學散原，終不似散原。我不學散原，轉而近散原。忽焉如在後，瞻之既在前。浩蕩山之巔，奔訇萬斛泉。

月乃

樹為羚角初懸地，月乃金剛不壞身。若以堅牢試相斫，要看冰魄化微塵。

茂盛君将考研有「一戰二戰」之言，戲調之

一戰公將鼓，再戰著凡楚。齊之三戰焉得魯，趙雖四戰伐之五。五戰至于兵，陸戰失于

弩。快戰以徼功，亂戰逞要脅。詬之詬之多齟齬，殿軍其怒焉可語。

枯木

何物承衰謝，江南萬柳稀。視之槃礴裸，覆以籜龍衣。既雪琤琮得，無春爛漫祈。絕行逢間介，茅塞莫相譏。

咬破右頰視之腮肉模糊戲題一絕自嘲

邇來舌劍欲相橫，紙上珊瑚一笑頳。但覺神州有唇齒用海藏〈和弢庵留別韻〉詩句意，不教吮血對蒼生。

買魚

可愛江鄉味，摻之浦溆風。波濤存變化，鱗甲遂玲瓏。入葦搖江白，盈筐曳尾紅。明朝思在水，吾亦用潛龍。

觀鐵壑齋篆書春聯

有樂參春興，無聊事古狂。三停匀楮墨，一紙絢明黃。儼共神荼怒，疑生史籀光。雲煙與波礫，尺蠖儘能藏。

題樊波成師兄遊湖照

此地遺龍窟，山林肅清警。堨來眾竅風，呼吸生榛梗。春水與蛄黽，相戲魚十頃。天鳥坐將侵，飄搖得反景。我憶隔思存，宿習仍奇秉。還擬刺行舟，胡然鴉已冥。回首數亭臺，峨峨戴石影。

庚子

遊園不值

到寺雙扉靜，穿花一徑空。心幡都不動，何以報春風。

春疫十二絕

蹈來江海命如絲，坐穩山高一釣磯。只此圍城只此夜，困人春酒上燈時。

石門朝市坐春暉，九陌高衢客到稀。行過鄉郊無一事，白雲飛上野人衣。

十年但覓偷生地，四下真逢困楚歌。肯為溪山存望眼，江城風雨近来多。

坐定愁城聊說鬼，歸來瘴海尚逢春。胸間一點風雲氣，強作中原不病人。

故園春雪正清妍，修飾河山到眼前。民且愛財官愛命，一齊垂首頌堯年。

欲霽彌生惟雪意，百憂一釋是東風。吹來覆去真无定，春在陰陽捭闔中。
坐困空山夢易成，黃埃落定雪初生。應知不是江南意，料峭梅花十二更。
九轉七還真失計，三江萬岳有餘哀。山深豈便容高臥，匝地新愁破夢來。
一線雲涯與水平，長天無雁海無鯨。春前偶觸傷時淚，擲向寒濤作雨聲。
窮居渾欲溷衣冠，呼命呼天事大難。自笑書生真誤國，空將文字救飢寒。丘逢甲詩：「不信平生飛動意，但將文字救飢寒。」
劫外河山非淨域，愁来天地等銅爐。要看十億神州鐵，鑄到人間錯字無。
四顧蒼茫成鶴唳，一春風雨欠雞鳴。如何各擅高歌意，不為人間報太平。

巢居三首

巢居多苦畏風煙，如此乾坤正好眠。孰罪孰功歸一夢，于耕于役問斯田。走來江海群飛日，敷告春秋大有年。避世牆東稱高臥，不妨聊祝養生篇。

各向新寒禁此身，從來衆口畏風塵。銷磨車馬逡巡日，料理梅花慘淡春。痼入九原方問藥，我生何命況醫人。閉門高誦楞嚴咒，不事蒼生事鬼神。

雄劍十年看未磨，世間塵網比修羅。那堪吳楚驚春後，已築籬藩怕客過。大澤龍蛇欺歲甚，南天蘆雁戒心多。持身贈有興亡感，事莫由人可奈何。

哭李公文亮

壯志虛捐強自支，立身真到蓋棺時。劫闢楚水滄桑地，歌入秦風黃鳥詩。存且偷生知命惡，老而不死定誰欺。一生枉負回春手，惟國惟官兩不醫。

春疫宅居憶及戊戌夏與普公赴惠山尋花不遇事作

莫向梁溪話倚欄，山中已報換溫寒。人因鬼蜮多相庀，花定飄零不用看。九死餘生猶大造，一春何計等微瀾。小園消息顛狂甚，百里風雲正鬱蟠。

無雪

潦草新寒迫一春，九州生氣尚能馴。江山無咎龍焉悔，芻狗多哀帝不仁。敢為堯天歌壽域，可堪瘴海有逋民。老懷何事餘堅坐，想象飛花次第勻。

普公復囑作落梅詩，聊得此章

辜負梅香是夢華，維摩一室老槎枒。來春若懺三生業，判作人間太古花。姚鼐詩：「空巖太古花，不與松栢巽。閉絕未成蹊，焉知有開墜。」

小梅

擬作山中最小梅，為憐搖落故曾開。此身不死留何用，相覷無言忍再來。對列春寒如敵我，四廂花氣了形骸。折持都護江南意，莫被東風誤一回。

庚子落花詩

珍重風前絮後身，諸天零落總無因。四溟以外求者壽，一念之中繫此春。往事懺除今欲盡，來年紛謝只相陳。浮蹤最好生于水，莫遣飛花入笑顰。偶拾殘瓣有寄書影。

前身出處舊京華，已隔吳淞水一涯。坐向宣南說掌故，別知海上有根芽。無端夢破春明地，未了緣銷頃刻花。多少垂絲枝蒂淺，可曾吹覆到泥沙。題王冠海棠照。

河有鱒

河有鱒兮，薄言在藻。施罛于洲，無傷其茆。

河有鱒兮，薄言盈筬。臺笠之民，中心不悅。

河有鱒兮，于炰于膾。賈用之行，其德不惠。

零雨降矣，河魚上矣。赤鮭西來，國無謗矣。

觀《錦松詩稿》時有佳句，頗見性情。固知夢機師「此子不可言詩」之評，語或有謬也

文章衣鉢未堪疑，此老襟懷略足奇。我道狷驕尤可諒，不宜偏廢簡公詩。

妙杉見寄嶗山茶為題四絕

山芽摘後露初乾，曾漱青溪最嫩寒。獨為斯人珍此意，要知春水有停瀾。

停瀾一水春何往，饋彼青芽若盈掌。絕似蜷荷待雨生，不宜更作枯泉想。

石泉枯謝亦紛紜，瀹茗生香且自薰。喚起五湖煙水意，一甌真鑑古之雲。

背人斟酌古雲起，斫木煮茶藤一尾。恍聞君自嶗山來，汲我白花蛇草水。

江畔絕句四首

津梁如釣磯，水月如虛幌。春是牧漁人，枯榮都一網。
聞道江如練，邀君裁作裙。君眸雙剪水，截斷往來雲。
風有饒春意，花無再擘年。不如吹覆盡，謊說未開前。
柳誤春眉簇，溪如皺面何。兩般光影裏，駘蕩不須多。

風化

前世一支機，迢遙臥津渡。磨除頑石心，又助恆沙數。

江畔獨步尋花

濩落天涯去路長，一欄春外有斜陽。歸來只記香餘袂，花似曾拈笑已忘。

過江南機器制造總局舊址見有商鋪廢棄於側已久無人跡

著地曾知陸漸移，疲門衰埠朽如斯。恍於碧海生桑後，重見春蠶作縛時。一罅分江石不轉，亂垣缺處柳將垂。萬花消息吹香過，野有蛛絲惘惘飛。

每況

每況吾懷失所期，渺因春緒駐來遲。搴舟近水非前渡，觸眼相思幻寸漪。頓覺風濤入蘋末，不須惆悵到湫湄。何人會此沈綿意，海轉山遙更有時。

春疫宅居

人海相逢定大慚，故教遲滯小江南。未堪潦草捐佳緒，便擬梅花命此庵。客屐或緣溪乃入，老僧真聚石而談。風波暫損維舟地，尋過洲橋更幾潭。

過雨

風沒濤歌聞者寡，虛簷墜地成飄瓦。急披駃雨一身迴，側有鯢鯨奔不捨。旋埃列坐覺紛紛，四合溪山瘴入雲。話到海崩魚爛事，伏波誰念舊將軍。

過大學路夜市

人潮海市兩疑真，遙對天街一問存。蜃已成樓臨大道，過而不入見闤門。歸來蟻夢惟殘影，倘有花時及眾喧。畫壁為家蛛亦可，隱然深護舊巢痕。

維娜姐寄扒糕一袋，以蕎麥麵蒸製而成，其色不揚，古有「色惡」之惡名，吾今欲為其張目，遂作短歌以謝

蕎麥花，蕎麥麵。趁秋開，趁秋碾。味彌醇，色至賤。「泥帶水」，古時諺。玲瓏屜，付

雲蒸。承於鉢，縛以罾。燒劫後，得實形。香無質，腹有棱。冬貯火，夏宜冰。小山庖，試扒糕。滑如飴，潤如膏。斜三刀復縱三刀，狀若烏菱技始高。蒜與鹽，味相鎮。小青瓜，稱遊刃。豆豉油，莫慳吝。盤飧雖小不成陣，會有狼藉於一瞬。

劇憐

劇憐碧血作飛花，愁永何妨一歲加。未必京埃能障目，可堪螳臂已當車。卅年蹈海勞歌哭，大有餘生問涘涯。多少不仁成此際，尋戈焉用辨夷華。

西湖設無酒之筵聞之有寄劉師丁杭州

立望餘杭修且阻，此身還隔江之浦。略聞數子渡江來，板閣深迴雙屐雨。吳庖魚米憶春恩，淪茗能兼主客樽。一椀故澆老夫醉，不然戴笠叩山門。

再寄丁杭州于滬

西窗遙接岫雲黃，歇浦城高燕數行。隔岸漁歸新市舶，涉春人在古餘杭。看花百誤殊成碧，小劫群言已變桑。蘋蓼洲間刺船去，浮蹤清絕水中央。

春前與丁杭州訂西湖之約因疫阻行

匝岸苔痕翠欲波，山中嵐意袖來多。四圍湖館挹花氣，一脈荷煙絕釣蓑。時雨摩鬟青不斂，春醪成薦事如何。故人海上從相憶，將發溪雲又棹歌。

杭州雜詩

汲澗僧歸龍井寺，涉川人過虎林城。蘚花碑字頹唐甚，誰識江湖舊姓名。讀碑。

伏闌風雨走吳艭，湖海魚鹽氣未降。問道浙東山水路，居人指點富春江。六和遠眺。

拂袖煙嵐莽莽開，雲屏玉嶂漫疑猜。吳山已失眉間色，或被春潮奪翠來。之江。

若尋佛祖西來意，此去先逢遇雨亭。一剎春聲真破寂，簷風吹動小簷鈴。遇雨亭。

羈遊到此意如焚，誰解天花妙鬘文鬘字從乾隆聯語仄讀。動我竹間棲宿意，竹間還有寺棲雲。棲雲寺。

繞寺青筠夾道長，亭亭蟬嘒與蝸行。不妨掃葉齋心坐，一念溪山入遁藏。雲棲竹徑。

未到西湖有憾再柬丁杭州

吳越相從百事乖，因君著意累安排。聞言浙尾春濤闊，動逐江南客子懷。坐覆湖山知一芥，不妨觴詠到吾儕。老夫久負拏舟計，要為亭心看雪來。

檻外波光照眼明，江干消息動陰晴。無人與訴春芳歇，一水如搴裳珮鳴。坐惜風鬟出岫意，從知玉骨在山清。歸來縱臥天花夜，不及枯荷聽雨聲。

未登靈隱而歸，丁杭州以蒹葭樓「贈與西溪舊長官」句見示有答

一雨窮途意可刪，靈山歸路渺難攀。重尋拂袂談經地，誤入苔花蘚石間。回首已無驂駐立有車站名為立馬回頭，孤峰遙自項飛還事見《春在堂隨筆》。老僧亦有前身想事見《春在堂詩集》，有「抛開手板即袈裟，一十年前王克家」諸句，考其姓名皆訛，然趁韻如此，必不可改易也，聊遜西湖舊長官。

端午齋居

紉蘭搴杜久無緣，兩地蒲觴且自懸。殞國生身同此祭此日亦為孟嘗君生日，榿蔭艾色各三年。山頭正擘蘆心葉北人以蘆葉為粽衣，海角空期鷁首船。尚有賽龍花鼓地，行人莫復擁橋看以散原端午詩有「經野規模圜座得，傾城仕女擁橋看」句云。

莫問青蠅弔客無，榴花到眼意焚如。南鄰已替懸門艾，有子將烹入舫魚。喧岸舟回爭利涉，連郊蒿滿及春初。一年簫鼓於今甚，咫尺江鄉幸可居。

題周碩師兄望海圖

溟蒙野色破元胎，何物相爭怒若雷。青是平林飛瘴入，白疑一線壓潮來。國中伐木求新築，海上維桑失舊栽。垂老伏波慚矍鑠，已輸功計在雲臺。

聞文華師樹葬

先生遺業在林泉，一水中泓尚凜然。從此門徒是山鳥，菁莪垂露待成篇。

葡萄酒

汲汾之釀清且稠，汲絳之釀楚而柔。及至江南無可釀，不思擢序古涼州。人以葡萄酒一斗遺張讓，乃擢涼州刺史。

吳淞古意

微存燈火闌珊意，略證江湖晏坐緣。一夜風亭真似水，天涯落月在吳舷。
魚米兼珍豈足論，估帆鎮日到吾門。舊堤封畔上階綠，留與秋芽試漲痕。

過龍美術館

秋水吳帆想畫圖，青江白雁老菰蒲。行行睎古重來客，記得櫻堤雪滿無。

小園

向晚林塘去路迷，西風歸緒藴來遲。數聲孤館伏蛩地，一角斜陽委蜕時。鑠骨如金言太重，臨塗問瞽事猶奇。傍城十里吳淞水，豫卜他年蘚覆碑。

訪天舟兄重過「蘇堤春曉」，覺有水禽在側

才過楊堤意便消，亂岩鶻沒抵前潮。云胡鐵石頑心易，不覺秋江禽語遙。或有孤鳴須一奮，空憐片羽竟相驕。忽慚袖手耽花計，遲爾春思在柳條。

憶「以花之名」畫展寄楊勛彥言李桐諸友

偃蹇東方夜未明，倩誰相憶到無情。丹鉛在鏡疑虛白，小室焚香說珞瓔。袖上古春如電迅，眼中諸子以花名。驀然人去江波急，悄有新寒接夏生。

八月廿四與故友滬江夜飲，忘夕而歸，忽有山河已秋之感

小樓臨水近當門，檢點回瀾是夢痕。十六鋪前秋一葉，青蒼岸上月黃昏。漸知偃蹇逢中歲，始覺江山隔晤言。欲揀蘆花歸又晚，西風蓴膾忍堪論。

誤入蒼堤幾折旋，橋頭風旆見炊煙。不妨桂影成微月，已過漁家問小鮮。坐憩許無投釣意，行歌長負採菱年。莫愁海上清商盡，此際聽君一叩舷。

鑿池

耒耜何堪養不材，滄桑幻世隱然來。幾時故伎捐應盡，多恐微澌有所哀。化羽暫期魚得壽，擇枝焉用鴆為媒。老懷莫作臨淵羡，但乞餘波到草萊。

南旋

車馬南旋草木渾，遠山鶻沒見中原。已無白雁稱霜候，猶恃蒼寒過薛門。茲土茲川長在目，一程一驛看停軒。背城終古滹沱水，留拭征衫舊縠痕。

書荀博兄《孤旅集》後二首

未堪執手亦同存，底事仇讎過海門。果二十年元氣盡，素車白馬望中原。

帝力空昭海可填，南山詎有壽綿延。萬方極目蒼生異，此是黃楊再厄年。

再書集後

征南戈甲意寥寥，法網恩波一脈遙。鉤黨佳兵新置郡，渡江文士幾還朝。危雲到海仍奇變，片玉雖焚許再焦。悵讀來書吾速朽，淒其風雨感蕭條。

蓬萊

藏此名山遜武功，空聞播越翠瀾中。一隅獨坐閻浮界，三面猶占鶺尾風。湖海歸來石有袂，衣冠行在黍多芃。遠人肥瘠關秦甚，何處鰲天得釣翁。

頗聞帝所慎爰居，一角屏藩足歲儲。嶺海已無投劍地，鄭虞猶見立錐初。南來五馬田將秣，史有三長諱莫書。為報炎荒養眉壽，時人焉止重樵漁。

庚子重陽前日彥言太湖遙贈蝦蟹數奩即作奉答

恰接來書幸所欣，亭亭舟尾蕩粼雲。偶持魚蟹成兼味，小住風軒識隱君。紉佩幾人思白菊，盈門一樹轉黃芸。題箋不盡江鄉感，為謝吳波六幅裙。

文殊堂抄經

紛拏萬念靜中稀，坐定虛堂泯是非。直寫新秋入禪悅，不談浮茗暢鋒機。舊年花竹移僧舍，白首芸窗有衲衣。老懶恕無勤可補，幾人墨手得同歸。殿前有「是非文殊」聯語，亦是楞嚴禪髓。

十日夜飲補寄

似水還寒淨莫分，風卮盈坐恰宜君。灑然一別生秋月，不斷相思如夏雲。露欲凝時鴻有漸，言將咽處飲成文。婪酣大夢依稀在，准擬心香未可焚。

十一月廿四夜雨補記

晚窗黃葉鎮相宜，自笑飄零較汝遲。萬點燈花明瑟去，一輪秋影晦藏時。檻中風雨資談緒，話到蒹葭已鬢絲。此後悲懽無法說，借人樓舘看霜枝。

化物小識

斐林試劑

二乳至交融，解釋還原力。擷取硫酸銅，五水生藍碧。何由恃醛基，巧飾核糖色。斐林試劑由甲乙二液構成，其二價銅離子可鑒別還原糖中的游離醛基。

苯環結構

誰云草昧初，中心渾莫辨。數子共軛生，眾說以為善。惟解夢連環，莫問單雙鍵。此舉凱庫勒夢中首尾銜接的蛇與共軛雙鍵學說。

濃硫酸

二一添作水，奇技稱豪奪。置彼塗炭中，瞬息成內熱。下視腐朽質，浮華誠可脫。濃硫酸可等比例奪取有機物中氫氧原子，炭化並放熱。

試管清潔標準

安得無垢稱，見素如抱樸。寸管淨涵虛，上善得水浴。內不滯涓埃，外不雜撲簌。持此若有思，戛戛落珠玉。既不凝結成珠，也不成股流下。

金屬活性

劬勞百煉中，得此丹砂訣。錫鉛何所殊，銅汞悉成列。信哉古之言，點銀須化鐵。二價淺蒼雲，三價濃骨血。還施彼之身，餘物紛如屑。從知煉獄間，惰性皆虛設。置換反應依據金屬活動性順序發生，亞鐵離子為淺綠色、三價為黃棕色。

黃州吏

黃州好豬肉，漂洋遙過海。富者不解喫，窮者不敢買。惟彼黃州吏，一令復三改。遂使非菜花，引頸充庖宰。勞勞小庶民，有命陳慷慨：「朝受處罰令，夕蒙赦宥恩。我行是何罪，所罪是何人，守拙亦何用，營生且不存。乞食雖無路，呼冤或有門。遂捧辭職信，喁喁對公言。」州吏大笑曰：「國疫尚維艱，時運況多蹇。肥水不外流，有貨當內卷。不獨汝難言，我亦沒得選。汝今速去去，好做無產者。何以繼資財，重讀恩列馬。」朝出小區門，暮在街頭宿。不聞街犬吠，惟聞女兒哭。女兒哭者何，黃州好豬肉。

夜食有寄妙杉

看街樓舘動香塵，二子陶然對此辰。有酒故應資況味，食芹都不減風神。未妨說餅嗤名士，倘許臨篁問主人。坐到空庭秋似水，尊前無改舊瀾淪。

題東城居士《素涅集》二首

先秋雁字斷無痕，為遣微濤叩海門。溟島遙期一夔足，故園虛望五雲昏。世鄰東海揚塵地，坐致平生稽古言。手葺芸編今亦盡，江湖風誼賴公存。

遽爾飛花淨目塵，素衣成涅我何倫。自非鐵石心腸客，竟作臺南硯北人。去國百年夷變夏，持燈一室座生春。觀詩定有憐魚意，早晚煙波隱釣綸。

桃源行

蕩舟欲覓武陵春，若見桃源想問津。南面與山成一氣，北方有洞雜諸鄰。入三十步見籬落，容五千年作幸民。後有漢唐人不識，緣花設酒說周秦。

題書影嶺南秋色照二首

山河短景付三餘，為訊江南舊隱廬。坐見高州風日好，只無人報歲寒書。
遠秋疊翠草連堂，欲掃空山似劍芒。五嶺其南吾未到，對君慚說五仙羊。

貔貅口罩

神之有國，海之有涯。承天之祜，友于麋麚。章以鱗羽，飾以獠牙。喚我風雨，戰彼龍蛇。其德令顯，其儀孔嘉。咨爾君子，于穆于嗟。

春公抄錄拙詩一紙即作奉答

斯翁遙住海雲邊，快寫風燈木葉箋。不為軟紅殫目力，欲扶寒翠養秋煙。得書已誤魚千里，問稼應輸柳十年。或恐江湖見秦火，故留一紙待桑田。

己亥冬日春公三過滬上念之有寄

雲山東望興方休，青眼高歌贘此丘。萬里思公疾在目，一身投老氣凌秋。連營海戍非陳事，過雁星霜憶舊遊。故壘新亭都莫問，行人只為愛花留。

聞北工大自宮事口占

奇才絕色古難全，胯下頻知損少年。業豈曾逃徒見性，斷而能續枉投鞭。何堪自濯陰陽氣，頓入無明禍福天。劫後微存行樂意，莫求身外了因緣。

集句詠蚯蚓

平地能開洞穴幽張籍〈贈王秘書〉，論功當拜富民侯鄧雲霄〈送于太尊入覲〉。千門萬戶皆翻覆李東陽〈南風嘆〉，斷梗閑蹤任去留釋德洪〈寄李大卿〉。陰雨誰為桑土計張秉銓〈哀臺灣〉，躬身拙就稻粱謀劉賓〈蚯蚓〉。不須問舍求田去郭象昇〈擬范無錯體漫書〉，一壑能專又一邱查愼行〈重陽前一日曾三弟招同德尹芝田登龍尾山歸飲齋中口占二截句〉。

丘逢甲有挾款十萬內渡疑案，其詩又載「此地非我葬身之地，須變計早去」數語，感而有作二首

不信歸帆愛渺溟，故門衰柳許先零。停舟但喚公無渡，去國惟聞雁有翎。幕府東開新將略，行人南泣小朝廷。移家更覓埋身土，何愧風霜舊使星。

摶沙事散豈如煙，五嶺雲來亦滿顛。笑汝逋藏雖小計，看人決止在高騫。亭亭海樹宜群立，渺渺風華已獨賢。坐擁百城南面後，不勞重說水衡錢。

滬瀆庚子初雪後二日，正值文亮公警世週年，瑤山告予曰「大

晦」，因有詩記

逢君說雪晦何妨，大笑吾儕最善忘。稽古花疑藏甲坼，乞靈人誤記春王。未堪搖落身終瘁，見說豐穰兆已祥。好為江山昭木德，可無餘命謝恩光。

樓杪雲頑近九閽，衝寒兀坐對風軒。略裁黃蜡推春壽，待起白衣振世昏。不語若為尊者諱，一官斯畏野人言。夷山變海談何易，攝取微波詄蕩恩。

槑庵詩藁 卷二 庚子至辛丑藁 終

槑庵詩藁 卷三 戊戌至己亥藁

石門 王槑庵

己亥

己亥春日四首

吳淞節序太無端，四海雲都向此寬。元曆已驚花事晚，小廬深隔雨聲闌。遲來客影同春瘦，獨對疏枝到暮寒。記取梅香入襟抱，人間枯坐幾餘歡。

欲訪山光悵自歸，年來心緒漸多違。況知寒翠晴無準，纔卜花期願竟非。一樹當牕成古木，幾時深酌到春衣。小樓鎮日蕭然坐，不築禪關客已稀。

臥覺流光到鬢前，背隐人影兩周旋。半坡梅小香初透，一室燈深雨自堅。若許春衫生宿淚，杳從斯夜認餘年。不妨門掩花晴後，回首清宵事可憐。

十里蒼溪近敝廬，訪山宜趁雨晴初。漸耽人海身非計，小駐春鞍興已疏。如此襟懷隨客減，晚來心事探花餘。老夫素有林泉癖，坐待斜陽不掃除。

小飲隨記

十里春晴意不遲，御河橋畔綠絲垂。林深有客搴衣過，漠漠花飛上酒旗。

紙鳶

新晴二月客來遲，陌上東風影半垂。不似飛花容易去，遊春消息看牽絲。

瓶花

沆瀣尊中應手栽，化元真可養寒胎。半瓶根淺休相妬，一念春深衹自猜。或以孤馨為素抱，不曾榮落到塵埃。好懷猶比花清絕，虛室何時探去來。

柳亭奎先生詩有「勸人隨坐浮游禪」句，余未解禪修之事，然愛其語不能釋手作

我愛浮游禪，聊以存備忘。及此江湖身，悠然收萬象。起坐看春溪，連宵經雨漲。不見釣溪人，一夜山花響。

養疾蕭齋，陳璞兄過余即贈

分明一徑斷塵勞，白日薰香上客袍。丈室漫宜息笻履，冰盤只合薦櫻桃。況逢孤館人煙靜，同憶五湖春水高。惟子歸鞍知有待，不能相坐到焚膏。

春公得紙書之滯墨臨屏戲作一絕

顏公筆法屋漏雨，陳玄新書色不消。夫子運斤真聖手，別裁青紙作芭蕉。

離城有懷鄭奕

青島城深海氣微，倚欄容易到燈稀。有風吹落高樓月，不覺清光上客衣。

夏居二首

孤館淨通幽，白雲清以緩。閒來覓古蹤，望到嶗山遠。

頗憶杭州味，湖光翠可餐。往來三伏雨，能問一清安。

早發嶗山二首

披煙臨野宿，仙靄動星遥。驛樹迷青磴，蓮花漲白潮。洞深常汲古，澗滿欲平橋。此去山雲盡，歸驂不可招。

且攬征驂駐，棲惶證百年。玄巖留石髓，白鶴下芝田。曲壑三清地，幽蘿五磴泉。我來何所覓，非是愛神仙。

近事四章

烽煙橫海近邱墟，咫尺河山百劫餘。舉市爭傳罷工策，有人新著謗君書。家臨世路兵囂火，勢到輪蹄夢亦虛。一紙約言都一笑，黃天猶此夜何如。謗君。

廿載垂裳號太平，嶠南消息隔仙京。節幡影動如行蟻，市虎人言畏駐兵。許是皇恩多厚澤，未容鑾黨惑公卿。故園維此熙雍夜，何事煙氛迫紫荊。厚澤。

頻年勢局轉銷殘，見說旗旌入彈丸。黃口懼聞秦律令，黑巾爭拜漢衣冠。不憐士子同魚肉，各為蕃王諱馬肝。負土拒賓遺事在，異時清淚幾曾乾。彈丸。

十里香江罷戒嚴，於今眾口且三緘。驕兵奉勅宣明主，刺史承恩尚舊銜。擱置針芒成緩議，折衝樽俎是憂讒。封刀正擬平群怒，留待中朝詔一函。緩議。

擬古四章

平明輕靄欲全消，照眼吳山入望遙。七十二峰春影裏，楊花飛過玉闌橋。

年來春漲倍難消，家住江南煙水遙。杜若溪邊蕩舟子，垂竿閒坐藕花橋。

春水浮梁柳氣消，五原襟帶固迢遙。長安此去風兼雨，莫遣輕埃到灞橋。

六月山居暑未消，杏花邨轉酒旗遙。鄰人偶有浮瓜趣，濺起溪雲上板橋。

北歸

中原山色動崔巍，試遣飛輈過草萊。野水銜村臨白道，吳門送客感黃埃。亂泉聲向諸天盡，萬壑雲從一線開。故國城深睇雙目，不宜重問舊樓臺。

肇南先生過新加坡有寄

一帆曾盡幾迴瀾，見說星洲出大寰。海上樓臺疑蜃闕，望中舟楫付鴉班登桅望向整理篷索者，日鴉班。見劉家謀《觀海集》。城開魚影扶搖地，人在鷗波吐納間。不覺天涯成指顧，無風無雨數家山。

中秋無詩答卞思師嘲

怕向天涯見法輪，百年修得到空塵。馳秋一念成孤注，磨鏡相看衹夙因。小坐如藏滄海地，此間合證桂花身。亦知玉府迢遙久，不作迴槎覓渡人。

南旋兼寄書影

歸來取道近滄洲，一帶林煙鬱未收。鷗爪痕餘沙篆跡，馬蹄風振石鱗秋。層城北顧惟雲隱，有客南旋作蟻遊。衹此湖山棲不得，人間車水尚橫流。

深秋夜讀普公《達觀詩稿》

付與枯榮是閉門，幾回俯仰欠深論。前生蟻夢休殘影，坐想鯨波入海痕。早計飛花餘落鬢，九秋零露待回暄。避人素抱耽詩癖，一處平生不忍言。

重過中山公園擬探蓮詩

探蓮人去久無歌，別歷雲間草木多。有子深秋拾黃葉，為誰敷坐憶青荷。欲耽花沸如忘世，小對蠶眠思化蛾。四面樓臺枯影裏，一身猶此奈君何。

立冬後一日赴鍾山訪春公，時值《南國之冬》脫稿

故人歸興在蓴鱸，黃葉山中好駐車。三徑兼通虛白室，萬竿惟護殺青書。偶于林下聽榮謝，聊向尊前問起居。草草江湖秋亦盡，不辭商略到春餘。

題肇南先生醉月湖照四首

一角江湖避已遲，人間草木亦何知。非關碧海回瀾夜，應是蒼葭被露時。在水巢雲終有託，晤花如雪竟誰欺。重來祇益飄零感，喚取春波到眼眉。

對影相招是故吾，重來樓榭定全殊。漸荒心事如蓮破，遲立人潮到海枯。一碧況隨浮梗盡，亂青曾共水雲腴。晚風吹起蕭涼意，指點鳧鷗尚有居。

見蕭涼處便無家，鳧影催寒入散沙。許我一襟能受月，為君零落不成花。緣慳草樹餘何事，疲臥津梁說海槎。賸有遺黃秋不掃，夜來風雨漸如麻。

風煙劃地久如牢，黃葉無因亦自逃。浮芥舟成雙並蔕，被寒秋漲半迴濤。蹉跎夢影花千疊，流盪波心月一篙。坐穩江湖殘醉裏，避人最好在長蒿。

過「淡水河」寄普公宸帆

君家淡江尾，應見淡江雲。江波知有意，朝朝流贈君。
思君向江浦，江花謝復開。才別淡江去，又到淡江來。
悠悠淡水河，杳杳劍川路。變化海東雲，不見枯桑樹。
坐起望江波，江波行復止。西風梟梟生，相送誰家子。

夜坐

沉沉龍氣走雲雷，偶對愁高一擲來。瓶水沖芽春未活，石枰傍夜酒先開。棋如可覆誰非子，瘿不能銷骨作梅。我為乾坤虛一座，向人風雪快相催。

雪

一晤在江湖，飄搖何所擬。莫問撒鹽人，撒鹽恐君死。

雪

十二欄杆絮影斜，為誰垂首亦生涯。破禪例許拈花坐，修到佛前無此花。

兀坐

一身兀坐落霜天，不見凌波絕可憐用普公句。接眼黃埃空是幻，看山青髻小如拳。

龍華寺六首

漫說心如水，柔波見不平。常求佛護佑，真負黨恩情。大道彌天落，春枝歷劫生。人間支病骨，消得誦經聲。聞經。

垂首焚香後，惟觀百態殊。作灰原不死，落鬢始全枯。能靖人有幾，重來春亦蕪。吾將工大塊，天地一銅爐。敬香。

法雨晴陰裏，池光似鑑開。我觀沙世界，如在蜃樓臺。禮塔三稽首，登門一肅埃。江南風候異，先綠到莓苔。訪寺。

說法趺莲地，聆鐘寂寞身。佛言無相者，自是有情人。老擲愁城隱，年回苦海春。風波近頑惡，好去莫迷津。禮佛。

風雨雞鳴後，由他福慧全用吳季玄詩意。只因心匪石，得證苦中緣。說法應無垢，憐卿或有年。來春重過處，再辦乞香錢。憐卿。

不覓寬心術，從來法相空。試針還試藥，無藴亦無功。身去舌安在，僧言耳欲聾。諸天花雨裏，能定慣幽窮用張韶祁〈草山春感〉詩句意。試藥。

燒黑糖珍珠

萬斛明珠在，堪堆苜蓿盤。安能長契闊，獨作小團欒。似玉燒三日，無聊加一餐。吾生原自愜，何必了餘歡。

戊戌

滬上雜詩

離城春草莽蕭蕭，隔望東南海氣遙。想象夜闌人去後，空垂黃月到虹橋。

頒春

昨夜頒春過帝城，滿朝淑氣正揚清。百年龍性馴時久，猶為康歌奮一聲。

讀詩集句

西嶺雲生月漸低仙根，落花聲裏雨如絲雅堂。老夫胸有梅千樹梅齋，只是窗前欠好詩改之。

閒史千年一紙灰梅齋，吟鞭遙指海雲開仙根。夜深忽夢燕山月改之，攪起詩潮莽莽來雅堂。

暫熄邊烽強自寬仙根，有人北望泣南冠雅堂。世間多少不平事改之，併作雄談一例看梅齋。
紛紛國史等牛毛雅堂，異代江山待爾曹梅齋。滿目劫塵無法說仙根，更須留眼看銀濤改之。
養病家山歲又新雅堂，青雲無路致吾身改之。于今車馬稀門巷梅齋，除卻梅花不拜人仙根。
蠻煙雄鎮似邊州梅齋，缺月參差照敵樓改之。自把崑崙作肝膽雅堂，飛觴終取虜王頭仙根。
曾去征袍冀主恩改之，祇今筆底為招魂雅堂。秋風萬里中原路仙根，有客依依認履痕梅齋。

過豫園口號

懶風吹嫩柳橫斜，涵碧樓前燕正嘩。飛過高墻春似海，未曾銜取一城花。

回鄉偶書

圍城野色帶雲收，七里營前此駐輈。有客綠楊橋畔過，遇人東指問滄州。火車臨停。
嫡派棲尋見勒銘，扶墻花影下疏庭。新來解得菩提法，說與荒碑古柏聽。毗盧寺讀碑。

橫波如練水迢遙，照影濃雲近畫橈。為訪臨津河畔屋，輕舟先渡子龍橋。滹沱河。

俞樓

舊園蹤迹許追陪，曾記仙槎貫月來。漫認俞樓形勢在，春深不見小浮梅。俞樓有小舟於湖，號小浮梅舫。

太湖晏坐

晏坐疏陰到午晴，大夫當日隱成名。五湖舟楫藏深壑，一處煙波起化城。老塔懸如持笏立，巖花翻似點頭迎。不辭散策江南路，放作秋山畫裏清。

波外

波外孤亭影正懸，輕嵐微雨已延綿。祠荒螭首碑初淨，水漲黿頭草欲湮。坐致徐風都委地，固知頹杖不扶天。江山此後魚龍寂，一例秋聲木葉箋。

惠山寺記遊

普公有無錫遊記詩七首，韻皆在十三覃。余因取其遺漏之字為韻，戲成一題。

微雨新晴後，勞勞客語諵。有風唯剝落，一樹已頹坍。待掃爐煙靜，閒觀草木湴。梵鍾催遠谷，顏色沒空谽。處士恭而敬，山僧厚以憨。因之能辟惡，足可為驅惏。遂發丹丘志，親尋白石龕。林泉非舊約，文字有餘酖。拾取唐人句，聊當野史談。論詩宜愜愜，無酒亦罈罈。更佐銀絲麵，來看蒼玉篸。虛簷臨亂壑，老塔挂層嵁。乍放輕陰動，全消暑氣惔。煙峰仍滴翠，秋水尚拖藍。為訝諸天近，方疑萬籟喑。關心延聚散，揮手絕清湛。

溫州雜詩

渺渺雲間樹，蕭蕭客裏身。淨光遺塔在，不見講經人。妙果寺。

萬山秋雨後，尋洞上飛霞。來就神仙傳，彌縫到永嘉。積穀山。

滬江過雨

秋城過雨成荒島，望海樓頭寄釣蓑。坐對西風白鳥在，一生祇許住蒼波。

早行辭母

沐手羹湯罷，添衣勸語諄。誰言戴月者，唯有早行人。
雁宿霜千里，晨炊儘幾家。太行山畔月，為送早行車。

過玉明草堂值雪

闢地荒榛外，而稱人境廬。提燈方見客，垂袖特攻書。萬古何長夜，斯文隱太虛。我乘風雪興，過此一躬如。

築館玄冰地，而稱春在堂。呼茶緣宿雪，積案有餘香。座淺書容膝，棲深葉滿廊。訪山人去後，雲月兩如霜。

槑庵詩藁 卷三　戊戌至己亥藁　終

槑庵詩蘽 卷四 春明觀物篇

石門 王槑庵

敵國

九州界説認棋枰，烏合能當萬國兵。試以謳歌利天下，真成韜默恥生平。幾人駢死存知己，曩者同舟待罪名。歷歷春禽相對駐，睽攜風雨換羸鳴。

相峙

二城相峙弈如棋，老子胡然袖手為。欲往江湖知未濟，古來巇穴隱明夷。各懷虎兕馮河意，拚得蟲沙入彀時。歲晚胥濤照營火，一泓海水脆琉璃。

射潮

寂歷秋聲百戰過，人于虎渴説風波。虛聞一水分疆後，從此同袍敗絮多。結隊螺成舟既濟，摩空蜃見海生訛。河清幾定魚龍骨，不道蟲沙幸網羅。

石門疫中雜事詩

辛丑春疫驟起，吾鄉自一月六日封城，至廿九日始解，余有雜事詩日記其事，得三十律，兹並錄之。

杳渺風埃定不辜，山陽水北勢何殊。虛聞夜警傳金柝，已見朝燔炙白榆。鐵驛多歧遑問道，石門有吏不如無。官塘久失芟荑策，刺取司空城旦書。

教雜民蕃事可驚，高堂司鐸太無明。不消尺檄傳京國，先報三軍護藁城時謂戰時狀態。是夕豸衣聊賜誥，一時魚服竟通名。行來瘴雪欺何益，野有哀欣觸目生。

冀北江南各一天，幾人買雪報春先蜀人近有買雪逸事。蔬芽坐地成奇貨，蝸角蜷居任假年。問竈豈惟虞不臘，無柴倘有櫟難全。老夫但賫心頭鐵，留鑄明朝乞酒錢。

燕雲襟帶峙重巒，見說舟車控馭難。出處要遵村帖子，端居如坐古棋盤。迍邅早聚三河卒，混沌何妨七日觀。自視此身棲未定，故書一紙訊平安。

中山俠氣古猶存，夾輔燕京賴此門。土脈東銜真定驛今正定，氈車齊過太平源滹沱河支脈。微陳俎豆三遷計，未鑑風波九死恩。日晚郊壇餘爟火，飛煙仍有幾家村。

又向鄉門哭此髏，溘然都作九京遊。如莊喪我餘枯骨，問佛無生已白頭。顛倒塵埃歸史牒，安排皮相對陽秋。何堪更說維摩寺，散得優曇一瓣不。此題悼李瑞芝。

不曾稽古但尊王，時見修書列四行。犬馬臣言中國夢，民官諺諱左家莊鄉人自謂也。金惟有性堪從革，子豈無衣哭漸裳。此事紛紛亦何鹽，奉忠如悖太荒唐。

為底斯民悵黍禾，問之不語即高歌。六州鐵是驢年錯，布地金無燕市多。鍵戶極知仁者壽，讀書其奈廢醫何是日讀曲園老人〈廢醫論〉一過。談天坐甕尋常事，彈指煙氛一刹那。

荒草封門一指麾，千家庖廩此分司。攘羊何罪言終驗有竊鄰人屯糧者，剖鯉無書事莫疑有食所蓄觀賞魚者。退食且賡閑署辟，銘盤尚記百工熙中山王器已有「百工」銘文。小民或有難言隱，卻笑當街賣餅師。

忽見桑枌壁壘開，旌羅棋布到塵垓。居然一夜風雲會，漫説重關虎豹來。太學諸生休懼怯，夷門小吏尚驚猜。當時若遇盧書記，早晚東郊放馬回。記大連金州事。

袖手青山謝未能，石門城外羽書徵。空傳冀北三千劫，密織吳綿十二層。快雪晴時烹醋酒，小園荒處養參藤。只緣遙坐江南夜，恍覺人間有獨興。

神機造化定何功，率土猶彰大將風。野叟移山誇匠氏，鄉人驅癘話文公。封存荆璞當年碧，比附基金十字紅。為厦倘需資一木，吾廬漫患有蛛蟲。此題黃莊公寓。

豈因同苦諱分甘，輓粟書成事已諳。野有羊車非洛邑，山留胥馹在燕南。眼中風雪無妨試，此後兵機莫再談。不是廢池喬木語，逢人焉許話衰慚。

西山群寇已無儕，市隱東廛計又乖。一角樓封天守閣，十年自號海藏齋。倉惶變姓推前事，咫尺沉椎問舊埋錄瀋陽事。此是九衢嚴夜警，稟功先擬告三槐。

尋常衰草見零仃，縣有危垣不亂青。九坂旃車仍古道，先春歲朔想唐蓂。編氓未許輕三戶，覆土真堪重五丁。久厭時談裨國計，甘棠遺愛忍重聽。

說法空煩一念牢，何緣終古見蓬蒿。孰憐華表重來鶴，竟化春泉不斷濤。此日諸甥仍海嶽，來年巵酒到林皋。西山松檟容高臥，莫便他生想恤勞。驚聞十二日李公獻忠因抗疫過勞去世。先是，其母于八日去世，獻忠公因公務繁忙未及送別，故有「重來鶴」語。

停車憶到古雲巖，欲訴梅花語太纖。河上蕪蔞供饌食是日兼逢臘八，煮豆粥度日，雪餘亭館在峰崦。連村野戍無多事，一老春城問解嚴。海外說山渾不隔，鹿泉門外有龍潛。大寒日文峰丈寄詩相詢，恰值石市初雪，念及丈夙有重登封龍山之志，遂擬訪山詩以答。

坐守中原別有山，休將左角比蝸蠻。若言權乃天之授，莫笑民如石太頑。罵柘罵槐誠不異，樹人樹木且相關。拙謀亦是治安策，指點滄桑小市寰。此題藁城南營鎮事。

枯庭對坐即高峰，渺矣孤城久絕蹤。未必黃楊容再厄，分明白絹尚斜封。談龍破壁虛千里，說虎蟠門誤九重。歲杪迴車期欲盡，春風何處想吳儂。

幾回釜底問抽薪，視疾真憐守土民。不廢宵炊還旰食，能兼蘗苦與薑辛。如何膳飲充神藥，畢竟南中拜老臣。此後人間無逸史，梅花只記驛垣春。

地老田荒宜種蔬，一生葶藶死能如。不知歷劫春安在，空說焚櫻恨有餘車釐子檢出陽性，乃付一炬，旋復檢為陰。充耳莫聞哀痛詔，關心更怯故園書。清齋小雪堪留客，肯為尋桑過海隅。

浮槎何似踞高岑，持比蓬萊水更深。煉石之前山失柱，治功而後海無針。六軍在野知鰲立，一管窺天得陸沉。到眼春桑銜不盡，神州亦自有冤禽。此題廿六日霧海，恍若幻境。

二州北拱帝王畿，鎮海明珠不翼飛。或有旌懸一溝壑，故應詔下四騤騑。風輪日轂殊生角，爝火危途儻可祈。繞郭青山何偃蹇，東門歸路近來稀。廿五日大雪，晉冀高速擁堵，保障車隊多退伍軍人。

百揆居然遜一刀有司嚴禁「一刀切」，予遂戲擬一聯云：「小民其口張無忌，懶政之風胡一刀。」，焉能越俎代君庖。邇來民吏傾三輔，于此西南設兩崤。始信風波難並濟，須知瓜蔓不同抄。牽攣到底成乖隔，何事相因問苦匏。

看人春轂過南焦，不待重來世已遙。此後長途知老驥，舊時林壑問村樵。吾儕幸得生還術，有子新翻上塚謠。壞劫幾回今痛定，折花驛路欲堪招。

新從驛路置官監，送到移文第幾緘。且過津橋尋白鹿地在獲鹿，偶然閣道入蒼巖地在井陘。平鄉古邑春旌纛縣在邢臺，幕府青山舊轡銜。不與爛柯同日語，人間車服已縿縿。

齋心曾許話桑麻，一巷桐枯靜不譁。爨下餘生及坏戶，山中故老拜高牙。因人廢市休言虎，得楚遺弓或畏蛇坊間流言四塞，一日數驚懼焉。莫辯鶴蟲誰後死以孔捷生先生有「休問鶴蟲誰後死」句言之，九州痛已定前車。

幾人白首復聞鼙，十八年間憶笑啼。小市菥蓂三葉貴，平疇水土一丸泥。何妨痛飲談仙蝠，早有訛言議果狸韻在四支，不改。舊事東南殷鑒在，不應無補到栖栖。

破盡家山賸楚氛，靈樞九卷亦丹墳。莫言海外無神藥，此事人間有異聞。香草自彰新國士，連花應敗古斯文。固知死馬醫方在，再世歧黃早樹勛。

瘴癘春風孰遽央，爭如鷸蚌不相降。茲焉鬼伏清涼國，蕞爾城封大小邦。民以哭歌懸肺石，人遺襁褓在軍幢。歸來苦問旁觀者，有乙先生莫諱逄以余舊號逄乙先生故有此說。

喪家犬四首

《中國青年報》記者耿學清報道小果莊撤離期間村中遺留牛羊豬雞等禽畜三萬餘頭，由臨時飼養員十八人代為照看及檢疫，復成立餵狗隊投餵村中家犬家貓。故作此四題以記。

喪家犬

回首飛煙過此村，或言豕突或狼奔。軒然已是無家別，抵死猶思一飯恩。豈為投懷還忌器，不虞揖盜自張門。書公十八春三月，有彼喪叶平讀家犬獨存。

十八公

默坐焚香祇祝延，萬家誰憶罄同懸。欲攜雞犬登仙際，到此羊牛下括天。兩縣黎萌勞遠戍，一時桑土過春轍。舊樑燕子巢初破，又是尋常草澤年。

秣馬

為誰秣馬近煙蕪，索驥人來尚有圖。踐土惟存郊牧計，投醪不問犒師無。六牲未老餘雛子，五羖之間起大夫。路過春風幾丘壑，後來野史記桑樞。

記者

槁木形骸補不完，歸來莫訴此荒寒。空餘我馬虺隤過，試與君牛觳觫看。斷埂殘陂存逸史，俚謠民諺佐春官。先生有日知民隱，續寫諸公大小山。

黃浦灘民謠

擘坼春風眾嘯寒，馬攔頭菜佐杯盤。綉衣天使新張幟，烏有先生已蓋棺。坐待狂歌為我哭，尚矜高髻與人看。軍前曼舞真兒戲，正忍斯民被眼瞞。

四野清談隔帝聰，吳兒車騎轉俄空。不藏山藪非常疾，自囿垣牆尺寸功。稚子心腸答木石，居人薑蒜掛屏風。衣冠塗地歸然否，終見帲幪愧考工。

推進春風壓韭茬，居然象譯秘專家。侏儒坐飽當官俸，父老爭攀廣柳車。城以江流分半壁，孰堪忍死救中華。景从多士贏糧動，頗畏人言噪暮鴉。

入我城門坐戒嚴，鉛刀一試若為銛。漫誇平準書堪用，始覺鈞天夢已纖。餘事癡頑無上策，溺人哭笑有同潛。紛紛磨盡懷中刺，護得烏紗插帽簷。

如此乾坤付默存，人間鐵鎖故當門。叩閽老叟頻彈淚，杜屋狂生善鼓盆。請乞遺羹臣有母，居慚功築石無言。江南樂土三分國，秘祝金吾詄蕩恩。

艷說同存與獨亡，伶官歌舞兆非祥。草民尚且愁戎索，野火何尤逐稻粱。莫料生還餘婦子，只疑時諱犯牛羊。空空史筆權衡意，不記春人弔國殤。

渺渺吳淞風土純，哀時誰作攘夷人。醫方未可輕秦臆，竊笑終堪用趙臣。貢使北來虛廩粟，安車西去蹈蒲輪。奇謀六出原何補，切數家蔬是掌珍。

雨晦雞鳴半日餘，莽然三版委溝渠。吹欷大麓風雷末，拆洗中衣澡豆如。豈入遼陽慚白家，徒勞海上問東漁。恓惶但說遊仙事，不為衰時讀善書。

聖主仁心問有無，太平君子對庖廚。艾人餅餌籌佳節，紙馬兵車試大巫。救死豈惟憐怖鴿，負薪空說買疲駑。可堪十字株連律，居處真云德不孤。

出師焉用卜師名，鳥死三春亦不鳴。毀瓦犂庭悲此室，弈丸棋卒視群氓。四鄰百口經千徙，九牧十羊還一城。唾手功勛何吝惜，武皇心事早分明。

秋江四首次奇舡廎詩韻

觸耳風濤澎湃如，蕭然飲啄意蘇舒。沿江已罷魚蝦市，撐腹能安咫尺書。檻外賈舟移海鳥，邑中大水漲夫諸。南乾北潦人間世，同祭東郊一臠豬。

居河居野鼎調如，整頓乾坤氣慘舒。民豈臨淵无羨意，政因封鮓有遺書。共盟鷗鷺孰相識，四望山川其舍諸。小試湯波賢太守，闌風伏雨拜江豬。

蕭蕭塵境穢墟如，磔索江風萬柳舒。修葺且循溝洫志，對揚宜讀大荒書。鳥魚鱉罟歸咸若，壽考人仙問有諸。海錯河珍同赤尾，莫將王鮪比渠豬。

十家九室閉門如，江表創痍慘淡舒。水濁幸知黿有穴，時清誰獻洛之書。六龍湯谷兼桑木，大野楊陊與孟諸。辜負談瀛山海客，可憐蒙昧類雞豬。

江郊

憔悴城干物色齊，淡煙弗雨徑先迷。傍街垣堵新藏寺，小築園亭已毀畦。到野歌催秧馬出，占天命卜木雞栖。殘燈尚解迎來者，刻骨汀莎照影低。

採我

採我風謠一字無，又聞銜索到庭廚。建官百揆皆羊牧，高祖當朝亦狗屠。布席相從隨臥息，蕪蔞一飯強追呼。糞箕檻檻登車去，困煞中原幾丈夫。

言教

歸來言教自堂堂，戒尺家書慎短長。比日杯盤煩鄭重，小人車檻問周行。豈無晏子匍城穴，又見黃公猥廁牀。換盡田翁野叟服，麻衣如雪甚郎當。

後江湖二首用奇觚廎詩韻

倦也津梁沮溺如，居然懷抱隱還舒。江鄉託命關哀緒，野史藏山得異書。國本礜空臨大澤，帝之苗裔號無諸。溟鷗海上空相識，囚首談經一牧豬。

君有殷憂賸理如，佯狂差慰病懷舒。百川秋水之間士，周痺靈樞以外書。十二經資北海若，三千里去小方諸。茫茫不辨風牛馬，安識鯢湍與猲豬。

覼癐甲乙篇

壬寅仲冬，余杜門戲作經史百家雜鈔，乃割裂文意，截搭古書成句，不避俚謠西諺，得詩數章。偶觀一二字害律，輒信手增削，使成覼癐甲乙篇。并附句曰「有字無字，弗礙其志。通焉不通，吾執其中」云耳。

覯痻甲篇

故春秋日山有虎，射之及居右北平。前太守賞募張捕，今將軍尚不得行。坐勍敵在本能寺，召一日修羅馬成。燒虜明年復犯我，圍而不克築長城。《鹽鐵論》：「故春秋曰：『山有虎豹，葵藿為之不採；國有賢士，邊境為之不害。』」《史記・李將軍列傳》：「廣所居郡聞有虎，嘗自射之。及居右北平射虎，虎騰傷廣，廣亦竟射殺之。」《後漢書・法雄傳》：「永初中，多虎狼之暴，前太守賞募張捕，反為所害者甚眾。」《史記・李將軍列傳》：「尉曰：『今將軍尚不得夜行，何乃故也！』」日本の諺：「敵は本能寺にあり。」英諺：「Rome was not built in a day.」《後漢書・馬援傳》：「援時與賓客飲，大笑曰：『燒虜何敢復犯我。』」《史記・趙世家》：「十七年，圍魏黃，不克。築長城。」

聚斂之臣寧有盜，旬彊富者可盈千。仁雖顛沛必於是，地則牛羊何擇焉。始畏逢嗔如屋大，下皆不肖疾公賢。商人惶恐生其禍，前後謙沖魯仲連。《大學》：「與其有聚斂之臣，寧有盜臣。」《後漢書・王符傳》：「貧弱者無以曠旬，彊富者可盈千日。」《論語・里仁》：「君子無終食之間違仁，造次必於是，顛沛必於是。」《孟子・梁惠王上》：「王若隱其無罪而就死地，則牛羊何擇焉。」《資治通鑑・唐紀》：「君集曰：『我平一國來，逢嗔如屋大，安能仰排！』」《太平御覽・飲食部》：「御者曰：『臣言誤也。

君所以亡者，天下皆不肖，疾公賢也。』」《焦氏易林・鼎之》：「兌：成王多寵，商人惶恐。生其禍心，使君危殆。」《魏志・荀彧傳》注引〈彧別傳〉：「前後謙沖，欲慕魯連先生乎？」

以危上矣安禽獸，褊小吾何愛一牛。夜襲徐州眾皆失，下臣獲考死何求。今因為說無生死，其得罪於鄉黨州。刑二人而天下治，雖生夏育有仇讎。《荀子・正論》：「於是焉桀紂群居，而盜賊擊奪以危上矣。安禽獸行，虎狼貪，故脯巨人而炙嬰兒矣。」《孟子・梁惠王上》：「齊國雖褊小，吾何愛一牛。」《三國演義》：「曹豹與呂布裏應外合，夜襲徐州。眾皆失色。」《左傳・宣公十五年》：「寡君有信臣，下臣獲考，死又何求。」元稹〈寄曇嵩寂三上人〉：「今因為說無生死，無可對治心更閒。」《禮記・內則》：「與其得罪於鄉黨州閭，寧孰諫。」《荀子・議兵》：「古者帝堯之治天下也，蓋殺一人，刑二人，而天下治。」《賈子・權重》：「勢不足以專制，力不足以行逆，雖生夏育，有仇讎之怨，猶之無傷也。」

焚其室如自焚者，知子不悲天命長。相謂明年祖龍死，無令此兒三歲亡。使有菽粟如水火，釋其縗絰以玄黃。士辱兵頓皆咎主，公曰君子不童傷。《太平廣記・報應》：「得財物數百千，恐事泄，則殺其人，焚其室，如自焚死者，故得人不疑。」《東觀漢記》：「吾知子不悲天命長短，而痛二父讎不復也。」李白〈古風〉：「璧遺鎬池君，明年祖龍死。秦人相謂曰，吾屬可去矣。」《魏志・趙王幹傳》引《魏略》：「遺令語太子曰：『此兒三歲亡母，五歲失父，以累汝也。』」《孟子．盡心上》：「聖人治天下，使有菽粟如水火。」《通典》：「禮無吉駕象生之飾，四海遏密八音，豈有釋其縗絰以服玄黃黼黻哉。」《史記．范睢傳》：「士辱兵頓，皆咎其王。」《左傳．僖公二十二年》：「國人皆咎公，公曰：『君子不重傷，不禽二毛。』」

覼瘖乙篇

孰問三皇聖者歟，伯夷伊尹并何如。上流涕日廢先帝，胡不休焉待後車。從駕南巡為碩德，太陽西兆主刑餘。將兵屯武威天下，快讀兒家無字書。《列子．仲尼》：「曰：『三皇聖者歟？』孔子曰：『三皇善任因時者，聖則丘弗知。』」《孟子．公孫丑上》：「伯夷、伊尹何如？」《漢紀．孝武皇帝紀二》：「上流涕曰：『廢先帝之法。吾何面目入郊廟乎？』乃哀不能自勝。」《說苑．權謀》：「中行文子出亡至邊，從者曰：『為此嗇夫者君人也，胡不休焉，且待後車者。』」蔡邕〈太尉楊公碑〉：「任鼎重，從駕南巡。為朝碩德，然知權過于寵，私富侔國。」《太平御覽》引〈天象列星圖〉：「勢四星在太陽西兆，主刑餘人而用事者也。占以不明為吉，若明則閹宦用權。」《後漢書．李恂傳》：「時大將軍竇憲將兵屯武威，天下州郡遠近莫不修禮遺。」《燕蘭小譜》載：「頓教悟徹咸其脢，快讀兒家無字書。」

上畏鷹鸇下網羅，永言配命自求多。曰孤老矣焉能事，皆怪惡之莫敢呵。公亦嘗聞天子怒，其猶無奈寡人何。神龜死已三千歲，送赴太常郊廟歌。《說苑．敬慎》：「臣聞之，行者比於鳥，上畏鷹鸇，下畏網羅。」《詩．大雅．文王》：「永言配命，自求多福。」《左傳．哀公二十二年》：「越滅吳，請使吳王居甬東，辭曰：『孤老矣，焉能事君。』乃縊，越人以歸。」《史記．田叔列傳》：「主家皆怪而惡之，莫敢呵。」《戰國策．魏策》：「秦王怫然怒，謂唐且曰：『公亦嘗聞天子之怒乎？』」《說苑．敬慎》：「王曰：『以孟嘗芒卯之賢，率強韓魏以攻秦，猶無奈寡人何也？今以無能如耳魏齊而率強韓魏以伐秦，其無奈寡人何，亦明矣！』」《莊子．秋水》：「莊子持竿不顧，曰：『吾聞楚有神龜，死已三千歲矣。』」《唐會要．雅樂下》：「帝又於內造樂音三十一章。送赴太常。郊廟歌之。」

互爭私變更相疑，聖意低回猶未知。諸葛在時不覺異，徐君已死尚誰為。吾何面目入高廟，獨此冥頑罪有司。簡在帝心朕躬罪，務寬吾眾信吾師。《後漢書．朱儁传》：「州郡轉相顧望，未有奮擊之功，而互爭私變，更相疑惑。」蔡邕〈答詔問災異〉：「若群臣有所毀譽，聖意低回，未知誰是。」梁殷芸《小說》：「溫問：『諸葛丞相今誰與比？』答曰：『諸葛在時，亦不覺異，自公沒後，不見其比。』」《論衡．祭意》：「御者曰：『徐君已死，尚誰為乎？』季子曰：『前已心許之矣，可以徐君死故負吾心乎？』」《漢書．東方朔傳》：「於是為之垂涕歎息，良久曰：『法令者，先帝所造也，用弟故而誣先帝之法，吾何面目入高廟乎！又下負萬民。』」王陽明〈告諭父老子弟〉：「然亦豈獨此冥頑之罪，有司者撫養之有缺，訓迪之無方，均有責焉。」《論語．堯曰》：「簡在帝心。朕躬有罪，無以萬方；萬方有罪，罪在朕躬。」《墨子．非攻下》：「督以正，義其名，必務寬吾眾，信吾師，以此授諸侯之師，則天下無敵矣。」

慧矣不知為政歲，始皇時縣有童謠。論功自合班人傑，於罪則將肆市朝。堯吏五官無所食，楚人一炬可憐焦。問之今者吾喪我，守節不傾蒙後凋。《孟子．離婁下》：「惠而不知為政。歲十一月徒杠成，十二月輿梁成，民未病涉也。」《水經注．沔水》：「始皇時，縣有童謠曰：『城門當有血，城陷没為湖。』」周麟之〈和陳大監〉：「論功自合班人傑，蓋世拔山威盡折。」《禮記．檀弓下》：「君之臣不免於罪，則將肆諸市朝。」《管子．輕重甲》：「昔堯之五吏，五官無所食，君請立五厲之祭」。杜牧〈阿房宮賦〉：「楚人一炬，可憐焦土。」《莊子．齊物論》：「子綦曰：『偃，不亦善乎而問之也！今者吾喪我，汝知之乎？』」《漢書．傳喜傳》：「守節不傾，亦蒙後凋之賞。」

事既期年，不徒野史湮滅，即觀昔日文誥往往亦僅存標題可檢，乃效覼縷之體得詩云

孳孳為善舜之徒，其命匪諶靡有初。事上利天中利鬼，今人為俎我為魚。晝居于內夜疑外，慶者當門弔在廬。史曰君難臣不易，十篇闕有錄無書。

《孟子．盡心上》：「雞鳴而起，孳孳為善者，舜之徒也。」《大雅．蕩》：「天生烝民、其命匪諶。靡不有初、鮮克有終。」《墨子．天志下》：「若事上利天，中利鬼，下利人，三利而無所不利，是謂天德。」《史記．項羽本紀》：「如今人方為刀俎，我為魚肉，何辭為。」《禮記．檀弓上》：「夫晝居於內，問其疾可也；夜居於外，弔之可也。」《荀子．大略》：「敬戒無怠，慶者在堂，弔者在閭。禍與福鄰，莫知其門。」《論語．子路》：「為君難，為臣不易。」《漢書．司馬遷傳》：「而十篇缺，有錄無書。」

續民謠二首

彌補牢籠已亡羊，欲去告朔之餼羊。日之夕矣下牛羊，萬民搜捕恆源祥。

楚雖三戶狙擊戰，二月春風保衛戰。遠東堡壘攻堅戰，小臣篋有英雄傳。

五月

五月居江國，春風愧日邊。真能扶社稷，餘力救朝鮮。海外哀歌地，城南麥秀天。視民仍草芥，退步祝豐年。

憐余

邪曲人間世，憐余頸上頭。仁雖君子德，怒亦匹夫仇。終不盈谿壑，居然諒瀆溝。我心誠所噎，知汝事何求。

春明雜記

短景餘寒柝，春陽念帝功。東脩辭以上，吾道匿而東。有牧懸尸位，斯民厠下工。滿朝文武盛，何不起衰癃。

終古驅馳際，乾坤照寤歌。佯狂真所貴，性命養無疴。道遠驄誰避，庭空雀可羅。邇來商洛地，夾輔試如何。

此間風雪勁，古道遂難春。久報民無訟，如言盜有塵。度隴無多子，踰垣稱老身。人間弈棋裏，惟此去來津。

槑庵詩藁 卷四 春明觀物篇 終

槑庵詩藁 卷五 海外雜事詩

石門 王槑庵

丁酉

過山樓古跡

道謁林泉下郡城，九夷慣有舊詩名。江樓鼓劍塵封地，疏雨危陵葉落聲。踏壁時疑逢鬼笑，聞雷每恐見龍驚。攜來無盡年華感，前世滄桑倍此生。

望觀音山寺

看厭樓臺祇看山，祠城故蹟想依然。搏沙坐瞰三千界，斫地聊歌咫尺天。梵海潮生秋是夢，禪花香墮夜如年。化龍風雨時來早，暫助長波向渡船。

碧潭

莫對清潭話別離，潮生猶恐誤佳期。使君駐馬當歌日，憶我移家渡海詩。嶼嶺繩橋通四獸，浮山雲翳鎖三芝。人間未有馱鼈客，落照瀛臺恨已遲。

過艋舺水仙宮舊址

遺世居然法相空，前朝身在禹王宮。徒教細馬移仙闕，不放長鯨過海東。萬派商聲聽似夢，十年車水走如鴻。龍山殿後今誰問，漫說新碑對晚風。水仙宮，清乾隆初祀夏禹而建，因導江河之功得名。道光中毀，遂移聖象於龍山寺後殿。

象山

海曙隔山寺，梵鐘暫未起。如藏丘壑間，不在陰晴裏。

夜雨

此土真何地，逢秋氣轉寒。談瀛成海客，吹夢過燕邯。宿雨連江透，流雲帶月殘。浮聲嘩百里，不敢話鰲竿。

傅園

傅園風物異吾鄉，黛鬢霜皮一徑長。庭樹有心應笑我，誤持葵葉認檳榔。殆同為棕櫚科也。

登和美山

碧水龍潭接要津，茫茫如見海揚塵。道中或有吾鄉客，不似江東洗馬人。

對雨

摩空山雨欲晴遲，搖落溪頭最早枝。一樣雲橋兩榮悴，令人長憶看花時。
欲向山僧問法臺，連陰未放曉嵐開。嗟余本是雲間淚，何事殷勤送汝來。
登樓悵望雨中河，秋鎖鵑城玉練波。滿眼雲關迢遞事，涼風吹斷短長歌。

雨後見月感懷兼寄卿雲子

久居冀北今臺北，渡海如乘少伯舟。一帶褐衣辭魏闕，百城霜氣落瀛洲。憶君昨夜星垂野，到我中宵月滿樓。雨歇寒更人不寐，長風吹過嶠南秋。

夜望

漁煙炊火影斑斑，十萬人家衹隔山。此夜船歌清入骨，望江樓畔望臺灣。

龜吼觀海

臨風仗劍起龍鳴，鯤島浮濤撼此城。我自蒼山望蒼海，一般煙色眼中輕。

觀山壁石刻

凌雲弄筆舊何人，一偈摩崖幸未泯。白馬經成終是夢，紅羊劫後久蒙塵。空庵水鏡玲瓏月，渡海書生畎畝身。敢向寰中看蕭瑟，故園無處可逃秦。

離臺寄佳璇

拋盡臨行馬上鞭，平生元不解痴顛。淡煙疏柳江南夢，濁酒新詩瀛海年。隨處舟車成世界，為君文字立因緣。靈山未是真微渺，常作心期一點懸。

過逢甲紀念園

東城新月履霜時，我欲乘風一夢之。立雪真疑不夜地，登樓先悵北征詩。豐原劍氣餘山色，國士精忠冠古祠。廿載未能銷此醉，隔江歌管唱如絲。

過臺南

非是年來尚遠遊，識余香草美人秋。看憑雨雨風風意，分付煙煙樹樹洲。於有夢時趨故壘，似無心處見嵌樓。曉天一抹雲方破，對此湖山自可留。

書丘逢甲詩後二首

西風誰念客征衣，倚劍歸來未有期。象外金甌應永固，人間朱雀自長離。瀛臺渡後無滄海，故國秋初正旅羈。向使英魂如舊日，牙璋自可拜黃旗。

消盡年光歎此人，壺嶠秋近又逢君。節樓燈影籌邊計，斷角殘歌瀝血文。補海為公傾一簣，習戎惜我遜三分。朝衫冷落應如是，後世紛紛說策勳。

書連雅堂詩後

飄零我亦為過客，一讀君書一自哀。幾度催詩成劍氣，每憑彈指幻樓臺。江山劫換身無影，風雨秋深雁不來。留眼桑田餘命在，撫膺長弔故人杯。

寄梅齋先生

依然臺海一潮空，南渡衣冠氣尚雄。猶恐此生重見日，與公俱是白頭翁。

美齡蘭

此花謝後蘭餘夢，春草生初價似金。十里劍潭山外路，滿城爭看美人心。

平安夜

裝成彩樹燈如火，禱此平安夜似春。愧我渾然無信仰，年年辜負唱詩人。

飛雪二首

看窮雲海尚遲遲，記被銀花揀盡枝。縱可無香晴入土，杳如鴻影恰來時。
去國曾驚一葉飄，歸來披雪滿江郊。沈年造化須臾夢，夢見花飛夢裏凋。

戊戌

東梅齋

梅齋先生有〈吳沙〉詩紀開蘭始祖事，今日重讀，已去瀛東幾千里矣，因有此寄。

極目霜風散舊年，欲箋晴雪寄蒼然。殘花臘盡城中樹，落市人歸炊後烟。故國黃雲連雁磧，何鄉黑水背漳泉。浮家尚作瀛洲客，始信吳沙未可憐。

過劍潭山

絕目驚濤下渚洲，五雲佳氣欲全收。祇餘雨腳埋蝸字，漸覺檐牙起蜃樓。鼓角虛期天北極，風煙不斷海東頭。於今行客飄零甚，說著王師仗鉞遊。

書丘逢甲詩後

十里鑾雲看未真，孤城落木委荒榛。遽聞石鱉沉東海，已報金雞失北辰。奉使長驅虜馬跡，收功猶仗漢邊臣。書生一劍興亡事，苜蓿秋風草色新。
望裏煙波去路斜，蓬萊雲氣故相加。沒濤蒼兕淪藩部，入貢黃犀過漢家。漸覺歔吹能作市，寧知攢聚不如沙。夜來鮀浦潮初落，蕭瑟人間蘆荻花。
九衢車輦黯東遷，獨上湖橋意惘然。舉目員臺無漢土，驚心兵甲走蠻烟。蝨談久廢成孤絕，龍性雖馴或苟全。賸有渡江傖父在，不堪重話永嘉年。
虬髯消息沒重洋，極目家山落照黃。孤島風雲龍起陸，八蠻煙雨客投荒。樓臺歷劫為名跡，鳧雁成秋越海疆。記取鯤身清淺水，行人曾此說維桑。
鳳城寒氣久消磨，綠嶂黃雲雁幾過。海上烽煙傳浩蕩，故園荊棘付蹉跎。愁生薄酒侏離曲，淚入清笳敕勒歌。一夢羅浮容大隱，可能袖手對横波。
江郊戎馬夜還營，如此河山氣未平。掃葉風前疑戰地，射潮波外隱軍聲。若聞白骨金縢事，應笑玄談玉麈生。莫便偏安成樂土，雁翎猶自憶南征。

蓬萊二首

蓬萊王氣養如痾，馬柱猶堪倚白波。人以孤舟試風雪，天憑左股障山河。海中故郡迷三島，望裏蒼津負一蓑。抱石申屠吾不見，東南無事好安歌。

秋鎖蓬萊勢欲吞，挾潮風信極天翻。久從滄海居奇貨，不榷玄芝向至尊。採藥偶來皈淨土，蟄龍高臥到南藩。浮槎若覓逃秦客，知有行藏未可論。

後蓬萊一首，反用前意

蓬萊極目太蒼皇，蛟怒風哀具已詳。入海可能存大藥，種田時欲話春桑。身疑是葉舟難負，世不如棋局屢荒。稅盡玄芝報天子，東南漁火罷歸航。

己亥

碧山吟草

散策郊巒不計程，翠煙郭外碧山橫。旋催酥雨來新燕，試翦春衫過古城。莫笑窮居容晏臥，何妨小隱作東耕。兼旬社鼓還魚鼓，銷盡韶光是此聲。臺北內湖地區有碧山，山有圓覺寺。

韶氣初銷草色齊，村深隔戶轉迷迷。田翁偶起炊粱樂，野杖閒沾迸筍泥。隨處籬根藏睡犬，有時亭午見鳴雞。陂塘不遠勞相訊，應遣荷風潤稻畦。碧山有後湖濕地，環湖多種稻米。

荷枝畦徑兩飄殘，祇此秋容畫亦難。入壑舟身輕似芥，垂城夜氣隱如磐。無邊槁木沉蒼谷，一處商歌動素寒。知否萬山霜影裏，有人袖手立闌珊。

袖手闌珊愧未能，故園遲暮感崚嶒。茶惟近寺聊充酒，性縱疏禪不避僧。昨夜河關千里夢，十年風雪一家燈。猶憐白石橋邊月，為照郊巒最上層。山有白石湖吊橋，銜通鯉魚山及碧山巖。

潭光

咫尺潭光翠欲磨，坐中花氣轉無多。還山一杖連邨徑，小隱曾誰對綠波。乍雨晴時餘夢寐，最飄零事只經過。浮槎人去仙洲渺，霧鎖雲封不奈何。

碧山行

我望碧山雲，嵐光發奇古。寺遠不知深，遙隔鐘與鼓。一溪出蒼峰，悠然見雲塢。路遇採山翁，貌比開山祖。所藉在林泉，所憑惟樵斧。生計有餘閒，春耕不終畝。麻衣帶水痕，苔色雜黃土。我杖雖衰頹，盤根尚可拄。踽踽作山行，身外塵若雨。

淡江春興雜感兼為謝客四書

野客居江渚，浮生已莫論。閒蹤付潮信，餘事入春痕。小臥身如棄，高談海易翻。所憐花有約，剝啄自盈門。

車馬盈門處，人情漸若麻。相逢一呵沫，別後幾迴槎。岸淺舟生蟻，菩深國屬蛙。頻年經涉地，真似有泥沙。

倖脫泥沙外，尋來眼界清。苔從蝸腳皺，雲向佛頭傾。山小微藏楫，鐘深欲到城。禪家耆事好，痴念莫分明。

柳眼分明地，沓波浩蕩時。漁歌聊自愜，峰色有先施。卜築殊無忌，攀愁兩不宜。鷗城謀大隱，終覺困花枝。

飛行雜記三首

何緣遺世感蒼茫，海客東來話種桑。闢地早知成一統，虬髯身事海難藏。

一枕懵騰百不聞，邇來國事太紛紜。坐中煙點齊州意，看取蒼波化海雲。

扶桑形勢總雲封，身在瀛寰八月中。借取魚龍飛渡力，白衣人過黑洋東。

日本雜詩廿一首

寸土殘師幸得全，不堪責詬太平年。夷臣亦有治安策，削鑄兵鋒作府錢。戰後。

輪替官蚨過眼多，中津人物感消磨。於今廣製新鉛版，不見昭和見令和。舊版萬元紙鈔有福澤諭吉像，乃中津士族。

幕府功高極世臣，百年國柄降中宸。紛紛草議勤王檄，坐看金堂換主人。二條城大政奉還。

畫障深從一室寬，滿屏煙水簸清寒。帳門高榻容安臥，粉飾河山最不難。白書院四壁繪有西湖山水圖。

海上尋仙願竟酬，禁中環護小瀛洲。如何枉種長生藥，只得湖心一樹秋。二條城二之丸御殿庭院。

將城高築壓軍鋒，何至傾淪便覆宗。青屋門前尋戰史，生涯半被蘚泥封。大阪城天守閣前有豐臣秀賴自刃碑。

治道文功暨武功，九州碑版大名風。平頒古硯描金樣，都入高台妙法中。大阪天守閣藏硯，描金亦即高台寺蒔繪技法。

百國征還氣正遒，京都冠蓋集風流。眼中極樂餘圖在，能禱來生亦臥遊。聚樂第圖。

獸瓦簷頭燧火青，當年白羽破金翎。分明一紙蒼生劫，莫便吹談入畫屏。夏之戰屏風。

駘蕩和風作異方，梅田街店十三行。東洋花暖玲瓏色，細補胭脂入彩妝。梅田。

歌館紅爐傍夜開，霓虹光影幻樓臺。深宵扶醉還家客，喚得車傭侍駕來。道頓堀。

佛火餘青照大旗，平生專信誤偏師。將軍固有干戎略，劫入蕭牆便不知。本能寺有織田信長墓。

欄外粼光照影宜，鴨川橋畔錦如飛。香街小隊芙蓉面，又是新涼罷浴歸。鴨川。

夾岸灘聲抱小軒，追涼得憶水潺湲。此間已足蒼波相，不費先生買棹錢。鴨川小築。

不算仙都算欲都，浪聞九尾幻空狐。袖藏一卷平安史，來繪人間百鬼圖。玉藻前。

羅拜南門號眾徒，一門全擅六宗樹即日語「六宗樹子」。燈傳意近華嚴法，此亦仙林鹿野圖。東大寺。

大社東旋認草芒，先秋郊色點青蒼。雲間養翠出塵表，一望崇山小奈良。若草山。

我初識面蒼波上，大道於今亦隱淪。不畏修經畏修史，莫教珥筆誤詩人。謁賴山陽墓。

寺隱白溪草甸邊，偶來登訪亦清緣。櫻期縱誤楓還早，人在扶桑第一泉。清水寺。

湖影樓光各一秋，果然金相等浮漚。僧前晏坐夕佳裏，欲訴空花不自由。金閣寺有夕佳亭。
一炬焦炎忍再提，山房草樹共端倪。人間尚歷劫餘火，曾照香城化墐泥。又金閣。

辛丑

泥鴻雜詩廿五首

西本願寺

壽木海之東中庭有文杏已逾四百齡矣，傍此伽藍亞。呼吸養獨窠，纍垂翳行舍。相坐水石枯，褰裾還命駕。猶為補斜陽，移車看林罅。

天橋立

鷗鳥迴旋地，提攜付逝滔。僧傳九世戶智恩寺文殊堂，灘指左京皋。碑石偶然疊，松原相與高。障砂洲一線，奴僕命波濤。

智恩寺

搖簸過海津，趺坐虛空會。為觀不動心，紅楓靜相對。老塔鎮长洲，曲如龍曝背。壇院主風神，玲瓏掛松佩寺內多扇形神籤。

三十三間堂

北山有鮨魚，曾伏蓮臺下相傳堂內有僧聞夜哭，掘地而得泉，余戲謂此或為大鯢也。芸芸變化身，法相風雷訝。此水老僧掘，垂首年光乍。今人愛武功，禮日吾執射堂有通矢之禮。

豐國神社

茅土肇梟風，白虎留遺祀。羅拜過唐門，庭槭如錯峙。臨濟五山宗，端不著文字。何以造鐘銘，讖在方廣寺銘鐘傳為南禪寺住持所製。

竈門神社

靈峰跋陟來，緣結神札尾。吉夢卜維何，殿鏡瓊花水。社祭與明靈，事人焉事鬼。君看繪馬牌，爭描禰豆子社中鬼滅粉絲絡繹不絕。

平安神宮

安有奉春策，留臺諫洛都傳為紀念平安遷都而建，京都亦稱洛陽。締榱魔左右，映帶此規模。珠火櫻千本，琵琶水一隅。遂銷龍虎氣，歸去渺菰蒲。

NAKED ヨルモウデ 平安神宮

璧彩列星甍，式瞻如蜃結。萬影雜歌塵，按舞魚龍穴。舷燈荼錦如，遙不遺一艓。傾城仕女來，然犀照宮闕。

落杮舍

槎枒瘦石叢，結構嵐之麓。危乘罏月光，擘此嵯峨竹地近篩月林。嗟乎鄭廣文，乃借僧房宿。臺笠過庵林，山杮落撲簌。鄭廣文學書而病無紙，知慈恩寺有杮葉數間屋，遂借僧房居止，日取紅葉學書。

常寂光寺

虛館斂碧雺，嵺愀餘垣堵。宛轉拾階登，枯葉滿林圃。稽首得定光乙盦有「客去孤懷得定光」句，今人張鑒水嘗解為「寂定之光」，故及之聊存此說，摩空忽絮語：「呼起散花魂，為爾涴塵土。」

曹源池

芸菊古禪宮，行在龜山尾。環翠補篔簹，醜石爭碨磊。東海方丈洲，何異江之葦。雲峰遐邇間，彌天一滴水。池在天龍寺內，傳夢窗疏石於此掘得「曹源一滴」四字石碑，未足盡信，姑備之。

野宮神社

縹玄問鳥居，人影雜軒廡。木札插架存，錯列如簨簴。所訝方寸功，雀然俱臟腑。庭中壓鬌枝，慰有青可數。

平等院

我聞涅槃城院內有鳳凰堂，椽瓦山石削。鼓腹彌陀尊，上鑄雙銅雀。晴枝曖寺樓，照影彤光掠。維禽久來儀，浴羽飛天樂。

宇治上神社

大麓百折升，嘉木祀皇子按指菟道稚郎子。天外降巖神，亦如磐座始。籠燈數石龕，簇我御手洗。泥古河渠書，或愛桐原水宇治七名水僅此存焉。

宇治橋

之子涉川來，吹瀾何促迫。夜出八幡宮，所恐瀛寰隔。大道轉風輪，波漣攝寒魄。不見守橋姬，遙遙初月白。

錦市場

明幌魚蝦市，諠寰上燭天。滿宮花未嫁，東壁石相鐫。有釣尋高隱，迷邦問小鮮。妙無兜勒意，衣錦照淪漣。

新京極通

行到軟紅塵，人影相灼爍。罨畫前後町，犄角勢如丱。闤肆與精廬，森然成景煥。繁華夢想中，顛倒蓮花瓣安養寺佛座為倒置蓮花。

八坂神社

記說素戔嗚，遷此丹朱闕。甘井上竹龍，纖垢不能涅。往返訝繻珍，裙屐踐丘垤。靡迤渡來人，臨風撼鈴鑷。

清水寺

如是祇園東，林濤雜佛唄。僧閣坐懸虛，稍稍遠人籟。三派變龍湫，倘戒鯨吞嘬音羽泉分三脈而出，人言不得兼飲。照鑒四方城，屏山渺如芥。

日吉神社

袖手忍寒汀，凍澀燈輪裂。剝蝕見苔衣，猶存太始雪。鎮社雙石尊，獅鬃還泐滅。蒿目望湖雲，車行度山蘗。社在琵琶湖濱。

白鬚神社

巧築聖湖濱，坐照身孤聳。長供雁鶩趨，毋使魚龍恐。人以壽為尊，吾以壽為冗。買劍若耶溪，更笑白猿冢。因所祀猿田彥大神嘗化為白鬚老人得名。後傳為長壽之神。

彥根城

磴道險而通，風削何渢渢。山節百衲如，禾黍徹城檻。漫說古離宮玄宮樂樂園，樓櫓搖光艷。款下雙鴻鵠，依依瞰河塹。

生田神社

門廡有繩箠注連繩也，矢箙餘梅䈎梅の箙。獨作傍墻紅，葳蕤墮檐隙。伊昔數鴻泉，亦遂山林癖。據壑以為鄰，故不愛松笠。社北有生田森林，屢值水儉。以松木無禦洪之功，遂不植焉。

北野天滿神社

大社倚巒居，叢掩異人館。掃葉鹿蹊迷透塀欄間有鹿に紅葉繪飾，跌水銅魚輭。落照有時移，林影躋長坂。想見落幡因，風烏遙細轉。風見鶏の館以鐵風標得名，可於南面俯見。

ねねの道

堪念小君功，踏此玄寞境。帘肆轉庭柯，空闤肅石塀。高寺短蕭牆，不隔風入磬。明日款門扉，肩輿造竹徑。道近高台寺，寺有竹海。

佳璇以淺草寺近照見示即作奉答

東海春王朔，風雷古有門。已成緹縞意，空與鐸鈴言。淺草街邊寺，小舟町外墩。植花衣鉢久，稽首問根源。

泥鴻雜詩補

西本願寺

木皆有雌雄，偶爾生駢列。無實或無花，過者長伏謁。百劫與薰修，壽未增一葉。誰識焚餘身，所遺方寸穴。寺有古銀杏二樹，語云此木偶生乃實，今足徵之。

涉成園

縮景起樓閣，采石東山背。瓶鉢制毒龍，遺此石之喙。我來不見僧，恍疑禪力退。吟臥舊蒼波，森森紅葉碎。用賴山陽十三景詠臥龍堂詩意。

木嶋神社

寄跡遠人居，客至山初醒。瘦石磥砢逢，三柱立分鼎。林步曲邅迴，困之春瀴溟。衣冠簡樸風，桑蠶問鄉井。舊為秦氏所奉，以通蠶桑之功故名蚕ノ社，今鮮有人跡。

三千院

山門拾級登，白瓦垂雲杪。楓敗不成軍，目猶迷烟草。短景愛冬曦，林光照庭泖。坐處蘚石衣，芸芸須彌小。

槑庵詩藁 卷五 海外雜事詩 終

槑庵詩藁 卷六 談瀛齋瑣言

石門 王槑庵

一

友甲倡立詩社，友乙謂詩者群而不黨，故不可社也。余笑曰：「若必結社，名之『不可以社社』可也。」

二

癸卯春，詩友欲求兔字聯，余引牟融詩「月裏昔曾分兔藥，人間今喜得椿年」為對。轉又覺「椿年」二字稍隔，遂改作「月裏昔曾分春藥，人間今喜得兔年」耳。

三

吳錫麒撰《有正味齋集》，余嘗謂他日若纂輯詩集，擬仿其例，命之曰《有內味齋詩集》。「有內味」者，典取《隨園詩話》：「司空表聖論詩，貴得味外味。余謂今之作詩者，味內味尚不能得，況味外味乎。」

四

「彼特以天為父」，《莊子》句也，使闌入《聖經》亦殊覺無礙。余嘗有句云：「孟德爾無傷此木，忒休斯亦補之船。」眾皆以出句為泰西典故，此語言之巧譎，出於意表，正可深味者也。

五

解嚴後，網間見第三無可奉告齋詩云：「君陽我未陽，我陽君已好。恨不能同陽，服從黨領導。」余意疫中諸事當如此收束，遂袖手擱筆，不復有作。

六

讀詩見妙句，每恨非己出，愛之彌切，恨之彌甚，人之固常也。小魚兄〈荒郊〉詩有句云「人哭人歌都不問，光生光滅欲何為」，為友人爭頌。哲源兄遂作倣句曰：「人歌人哭誰相問，光滅光生自可捱。百誦君詞安敢忘，郊原歷歷似重來。」余亦嘗效此句法，作〈對月〉詩一首曰：「是粒是波都不問，非神非兔欲何為。」然皆徒附驥尾，不逮魚兄之妙。

七

少白軒撰詩話數卷，余素欽服。嘗最喜某條云：「余素不喜詩中有詩者，若陳簡齋之『客子光陰詩卷裏，杏花消息雨聲中』『不用鞦韆與蹴鞠，只將詩句答年華』『且復高吟置餘事，此生能費幾詩筒』『盡取微涼供穩睡，急搜奇句報新晴』等，此即今人所謂套娃也，言之何益？簡齋大才，故能免譏。然未可遽以為訓也。」或問夫所謂「詩中有詩」者何意？余輒引景博文〈七絕〉示例：「起手驚人得勢先。緊承此語作勾連。無端轉得其三句，七絕而今又一篇。」問者絕倒。

八

壬寅秋水詩賽聯部以「寒生秋夜雨」為題，遺珠累若。肖旭有無情絕對曰「熱死夏天人」，觀者莫不捧腹；趙芃以寒瘦為對，曰「瘦想臘時花」，亦別具心裁；北師大某詩友以「秋夜雨」為詞牌，用嵌名格，對曰「月落曉天霜」，隱霜天曉角之題也；又有曰「夢斷武陵春」者，亦倣此格。

九

臺島詠梅詩，余最推吳公雁門二絕云：「雨簾風櫃日相催，怪爾春遲放量開。開到白梅青作子，知無高士策驢來。」「乍暖東風逐燕迴，餘花鬧伴野桃開。老夫胸有梅千樹，不為塵香拄杖來。」隱隱然有傲骨。

十

善詩者不煉字，善弈者通盤無妙手，其理一也。

十一

臺島詩作，多有歌豪通押之例，或方音也。連雅堂詩曰：「中原睥睨無餘子，亂世功名看爾曹。窮盡黃河九千里，我來廣武但狂歌。」陳虛谷〈調賴和〉云：「到處人爭說賴和，文才海內獨稱高。看來不過庸夫相，那得聰明爾許多。」胡殿鵬〈七鯤觀潮行〉亦有句云：「此時之潮三丈高，巨浪撼山山為凹。孝陵王風望江南，力挽迴瀾奈狂何。」又曰：「東南大地古山河，慷慨數行發浩歌。一片赤崁忠義血，化作秋風震怒濤。」諸詩音節乖方，然于閩地詩人則實為平常，使大陸詩家讀之，則每多覺其異矣。

十二

顧青翎兄謂蜀中亦有此風。更有王闓運〈獨行謠〉三十首，混押歌戈、麻車、皆來、支微、魚模、蕭豪、尤侯之韻，亂中自成妙趣。又謂王公素善擬古，其歌豪通押之例，蓋非惟方音故，或古韻之遺緒也。

十三

陳寅恪詩不似陳散原，然亦非纖毫不取。若「獨憐臥疾陳居士，消受長廊一角風」句，學散原「何如居士半畝宅，消受伽黎一臂風」；亦或有照單全收者，如「自信此生無幾日，不知今夕是何年。羅浮夢破東坡老，那有梅花作上元」，學散原「自返故鄉無此樂，不知今夕是何年。去人留戀來人笑，各有西山插鬢邊」，可謂亦步亦趨。

十四

胡文輝注陳寅恪詩，凡遇疑字，輒以為抄錄訛舛。又動稱因音近致誤，實多偏頗。如陳詩「眼昏到此眼昏旋」，「旋」即「還」字，意與王令「枕上離家枕上還」句實同，一無疵纍，胡箋乃妄云「眼」字不可重，且以「眼昏旋」為「益昏旋」之訛，殊不知「昏旋」字不成義，轉失其解。又如「衡陽雁陣遲歸翼，嶺外梅花返去魂」「蛩心文字感長秋」諸句，胡箋改「去魂」為「玉魂」、「蛩心」為「蛩吟」。既欲求之，轉而失之，實令讀者搔首，而疑慮叢生矣。

十五

胡文輝注陳寅恪詩「玉榦蔥條罷絮新」，謂「罷絮，柔弱的柳絮」，乃誤解「新」字之義，遂以「罷絮」為讀，實不然也。陳寅恪好用陳簡齋詩法，簡齋詩「高柳光陰初罷絮」，「新」亦「初」也。陳詩不言「罷絮初」，乃為詩韻所限，稍作變通耳。

十六

甫子寸固非能詩者，然〈寄霍去病〉一絶云：「自古奇功費名將，不聞天妒冠軍侯。」此「費」字妙絶。蘇東坡〈墨寶堂記〉：「蜀之諺曰：『學書者紙費，學醫者人費。』此言雖小，可以喻大。」由此觀之，則上欲建奇功，必費名將可知也。春公每論及此，輒引《國語》「上醫醫國，中醫醫人，下醫醫病」語。蓋於醫國費國之間，斟酌損益，取勢猶難。雖勳臣一死，百身莫贖者，可無儆乎？

十七

張夢機《西鄉詩稿》有〈夏夜〉詩其二：「甘澍救苦旱，頗亦遞微涼。夕霽開南牖，坐我師橘堂。暗水喧溝谿，蟲語漸飛揚。嘒彼眾星白，入髮點繁霜。雙雛爛漫睡，婦來致冰漿。燈前話疇昔，零夢颺軒廊。萬事聽梵磬，求忮知匪臧。疏蟬最相警，喝月出桄榔。」余昔讀此作，但覺敘事昏昏寡味，惟結句俊拔，著然不類其類者，細味之真神來之筆。今偶閱詩鈔數種，見其句本出李漁叔《花延年室詩》卷五〈客過〉一絕：「何物炎洲最相警，疏蟬喝月出桄榔。」末七字足狀南州之景，焉用更為長句以益其惡也。

十八

張夢機亦好「詩中作詩」，中歲前嘗作「剩撿殘花補小詩」「暫捲煙波入小詩」諸句。不知此句法雖本蘇詩，然則作者逸思飄飆，言之有度，未可泛而化之。夢機又有〈烏來口占〉一絕用此法，詩云：「暘雨之間過屈尺，偃堤以外是烏來。袖將一纜浮雲去，詩奪千峰暖翠回。」又有〈盛夏〉詩云：「黃梅季節雨霏霏，渾似彌天萬矢飛。俄頃山虹開霽色，清詩奪得夕嵐歸。」又有〈晚晴獨坐〉詩云：「今吾臥山隅，溽暑傷侷促。襯雲截霞紅，補詩奪春綠。」如此數詩言「詩奪」者，刻意學文而語無著落，頗覺虛浮不實。余嘗作〈觀之江〉詩，有「吳山已失眉間色，或被春潮奪翠來」句，庶幾與此相類。須知詩奪化工，非以其能成吾性而後為之也，子所絕四，意在此焉。是以坡公「卻捲波瀾入小詩」可解，夢機「補詩奪春綠」則不成詩語矣。

十九

前論夢機好用「奪」字者數例，然夢機亦好用「補」字。二者施受相異，以義推之，尤不拘泥本字。如上舉〈晚晴獨坐〉詩「襯雲截霞紅，補詩奪春綠」句，言截霞紅以襯雲色，則「截」字實亦「奪」義，「襯」字實亦「補」義，言奪霞紅以補雲色也。夢機詩言「奪」「補」字者，又多以顏色相屬。如〈次韻戎老新居夕望〉詩：「碧潭移來渲林表，霞紅割取補花間。」〈閒居口占〉詩：「山翠當軒裁半片，庭前留補老椰青。」〈閒居口占〉詩：「攜得峨嵋暖翠歸。」〈食柑〉詩：「一抹金黃漫分取，僧來贈與補袈裟。」此法余詩亦有之。嘗憶某年於虎丘中和橋畔遇畫扇一翁，鬚眉盡白。所繪者後山花木，惟用墨之五色，不施丹青。余因戲作〈畫扇翁〉一絕云：「偶坐溪山僻處嘉，我來亭館足煙霞。贈君海碧桑紅色，留補江南扇底花。」凡是種種，皆是我執習氣。

二十

李碩卿七絕時有可誦處，《東臺吟草》所錄諸絕，雖以紀遊名家，實可作竹枝詞觀。如其過花蓮所作詩云：「冒險先行到海濱，停辛茹苦闢荊榛。東臺今日徵文獻，開物應推十六人。」蓋寫十六股莊之源起，即咸豐年間十六人出資於奇萊平原建莊之始。其詩於鄉民史事多資考訂之功，而筋骨之間，與霧峰東城居士詩亦頗有近似處。居士癸未年嘗作十四詠，開篇沈光文一題即云：「汪洋萬頃颶為災，夾帶浮槎遣使來。考獻海東推始祖，何人不說沈文開。」持較讀之，謂之弛張雖殊，宮商同調可也。又碩卿〈太魯閣口停車〉詩：「薄暮車從峽口過，蠻煙簇起觸奇螺。司機似解遊人意，能為風光憩剎那。」東城居士亦有〈訪基隆仙洞正值施工〉詩：「久慕佳聲欲訪幽，外環車快少人遊。有何可賞司機笑，仙洞施工謝俗儔。」乃逆碩卿詩意，讀來為之莞然。又如碩卿〈吉野村〉：「村人往稼用牛馱，共說官方補助多。習慣養成徒步懶，日騎大武共謳歌。」不避口語，殊有俚趣。然今日交通豈必畜力之屬，東晟丈〈行天宮〉詩乃有「人事已敷求確幸，轉乘捷運進香來」句。野徑城郛，飈輪大武，亦可謂異代之勝遊圖也。

二十一

孫湘南五律最擅，古體近韓，七律近蘇。集中有〈大武郡登高〉：「過海重行五百里，到山更上一層臺。地留歸路還非客，秋在中原不用哀。霜葉似花何處有，瘴雲潑墨幾時開。固應未落詩人手，判卻鴻荒待後來。」漁洋山人每引以為妙。余丁酉在臺，有〈望觀音山寺〉詩，嘗為梅齋先生所許，謂之幾可置入《赤崁集》中，是以頗感因緣。

二十二

徐樹錚詩有引人入勝處，一在其磊落雄勁，蓋有莽氣存焉。詠政敵則曰：「購我頭顱十萬金，真能忌我亦知音」；詠美人則曰：「非我抱君更誰抱，我不抱君將抱誰。」《石遺室詩話》評之云：「醇酒婦人，軍人結習；名士悅傾城，軍人而能文之結習矣。讀前數詩，如見狂奴故態。」然其詩旨絕非僅在粗莽，觀其〈對月〉諸章，斯意自見。

二十三

宣統元年以降，中國水患頻仍。傅振海《救災詩》兩卷記宜興、荊溪賑災之見聞。詩風質直淺明，讀之易曉，敘事則著墨深沉，用筆入木三分。諸如煮食菜根、鬻賣孩童、浮屍遍野之慘象，歷歷如在目前。其「憐他典盡裙釵後，賣到親生七歲娃」「土民聊續晚來炊，半是菱根半麥皮」「青衫帶水傍棺拋，棺蓋參差尚未交」諸句，刻畫工備，庶幾可目為百年前之紀實文學。

二十四

傅振海為人剛直中正，未嘗居官自矜。《救災詩》中有句云：「笑我居官不似官」，可證其風骨。《清稗類鈔》載：「（曉淵按傅振海之號）謁上官，憩於官廳，僚友咸相視而笑，曰：『傅曉翁太不像官。』傅曰：『諸君以振海為不像官乎？振海自入官，即以官為不足貴，官而循良，乃為可貴耳。所以時時省察，惟恐浮沈宦海，官派官氣，日久濡染而不自覺。今諸公寵以太不像官四字，則平日讀書談道，漸有把握，而不遽為習俗所遷移。可知既不像官，或者尚像人也。』」真可謂平中見奇，肺腑之語，誠哉斯言也。

二十五

連雅堂有句云：「青草白沙烏鬼渡，綠天紅雨赤嵌城」，蓋本於孫元衡《赤嵌集》中「山勢北盤烏鬼渡，潮聲南吼赤嵌城」語。此二句余素熟稔，然未嘗合而參觀。清范咸〈臺江雜詠〉其二亦云：「山仄遠迷烏鬼渡，浪高齊拍赤嵌樓」，頗與孫句相近，然皆未能達連詩之淋漓盡致，蘊藉深長也。

二十六

余嘗聞邱倉海詩「拜將壇高卓義旗，五洲睽目屬雄師」，湖海草莽氣也；雅堂詩「桃花成雪我來遲，繫艇垂楊獨賦詩」，江南煙水氣也。此論固關乎詩人風節，性以天成，雖居處或異，時境或遷，亦不可移。雅堂于癸丑之秋寓居關外，又有〈松花江晚眺〉詩云：「沿堤十里柳絲絲，羌笛吹殘日已移。回首西泠三月路，落花如雪立多時。」乃知其志雖朔風塞雪而不能少移也。

二十七

吳漢槎詩「夜月迴臨江樹遠，春星遙動海潮來」，文意皆從李攀龍「海色迴臨三觀動，春陰不散五松寒」句化出，而筆意開闔，氣象尤勝。梅齋先生極喜此句，己亥秋，余偶得《秋笳集》同治粵雅堂刊本，遂延師友同觀，先生即拈出「夜月」二句，以為頗得湖海之象。余觀乎梅齋先生諸作，詩宗宋法，兼取有清眾家之長，而神致高在唐人之間。先生少時初得《溫飛卿集》，閱罷竟付之一焚，謂「詩宜捎點江河湖海氣，雪月風花句，留給閒人作」。其意氣不羈也如此。

二十八

吳雁門，號梅齋，雲林縣水林鄉人。鄉南有北港溪西流入海，時人呼為「笨港」，先民多自漳、泉渡海，于今海防寨側拾舟登岸，擇土而居。以其徙置之故，遂多生桑梓之思。梅齋嘗作〈水燦林文史村詩紀〉數題，於記錄鄉土之功最為著力。其〈七角井〉一題云：「溯源二井繫新詞，為感先民渡海時。但得水深通地脈，漳泉故土有餘思。」水燦林，即明季水林鄉之故名。此詩雖紀先民拓墾之功，亦不乏浮家之憾。又有〈吳沙〉一詩云：「早賦遊仙願已違，淡蘭春色自芳菲。浮家黑水漳州遠，落盡桐花客未歸。」吳沙，漳州人也；桐花，漳州縣花也。吳氏于乾隆間渡海赴臺，乃為開蘭始祖。吳沙既辭閩，遂不知桐花之幾開落矣。此中身世之思，家國之慨，固所宜然。余于丁酉冬日離臺，嘗撰〈柬梅齋〉一詩以寄云：「極目霜風散舊年，欲箋晴雪寄蒼然。殘花臘盡城中樹，落市人歸炊後煙。故國黃雲連雁磧，何鄉黑水背漳泉。浮家尚作瀛洲客，始信吳沙未可憐。」于今重視「黑水漳泉」數語，不覺啞然，亦無乃隔海談瀛，望洋生歎哉。

二十九

明季漳泉之地多患盜寇，顏（思齊）、鄭（芝龍）乃於此際倉皇渡海，于大北港區設九庄十寨。梅齋先生嘗戲言與匪人鄰居，不免濡染習氣，遂以「湖海匪氣」自任，乃欲踵武前賢，以就橫槊之思。嘗有〈水南項王廟〉數絕云：「閒史千年一紙灰，靈祠黃日且徘徊。春潮十里金湖水，疑挾軍聲渡海來。」「數尺蒼碑想壯圖，舟浮黑水一魂孤。天涯有客停車問，還記霜刀破陣無。」此固紀乾隆年間水南村民迎項羽金身入臺事，而特以「軍聲渡海」「霜刀破陣」為結，茍欲以瀛東父老為江東弟子耶？多知其「湖海匪氣」之不磨也。

三十

梅齋論詩頗重王漁洋「神韻」之説，以為可以療詩之俗疾。是以其詩「匪氣」雖盛，尚不足為病。先生中年親習佛法，懶著綺語，此後中心委曲，遂不可知也。嘗作〈白河蓮花曲〉詩：「不聞采蓮曲，不見采蓮郎。蓮葉田田意，君心不可忘。」以俚語入詩，其調頗近樂府。又〈林園春興〉詩：「流雲止復行，吟蟲聽還失。澹澹曲塘荷，依依媚晴日。」温恭敦厚，深婉動人，是集中別調。

三十一

東城居士，臺中霧峰人也，工詩好佛，食素食，其詩雅有妙味。居士〈虎岩聽竹〉詩有「瘦俗曾聞蘇子語，不妨無肉好清心」句，為余所喜。庚子春前，余即集鄭海藏「蚤知熊掌非真味」與「不妨無肉」合為一聯，自得其樂耳。夫東坡好竹愛肉，又頗以「蔬筍氣」為詩之一弊，足見性情，後之論詩者何必然。余在臺時，與東城詞丈結數面之緣，及返滬後，嘗有「每為充庖嘗百草」一詩相寄，丈亦不以為忤。乃知詩有「蔬筍之弊」一題，必有可論者。曲園老人居西湖時，嘗自嘲云「自笑身無食肉相，故應飽喫後湖蓮」，得句清雅有味。今西蜀紹興師爺，詩風猶具神韻，曾撰〈山居〉一題云：「散居也不戴黃冠，愛坐幽岩垂釣竿。飲食焉能茹素久，廬門恰好傍溪潭。」于轉結處別出新機，誠為嘉構。觀此二詩，始知茹素與否，自與詩格無關矣。元遺山謂「詩僧之所以自別於詩人，正在其蔬筍氣也」，以

「蔬筍」為褒揚語，亦自古有之。

三十二

好佛與吟詩間亦有相干之處，曰詩者有仁心也。曩時王揖唐論詩有「風人之旨，以敦厚為主」說，義即在此。王氏特舉唐人「剔開紅焰救飛蛾」句釋「敦厚」之義。然詩者仁心，豈必在于飛蛾走蚓，尋常草木，亦有可牽情處。曲園老人有「掃葉才通路，扶花特補籬」詩，余謂全句之眼正在一「扶」字。夫穡人修籬，何必扶花，猶恐傷其枝葉也，故一「扶」字正乃其仁心所在。余己亥夏日赴臺，承賜《東城詩稿》一部，歸自觀之，見題開元寺一詩云：「掃除堆落葉，走動護昆蟲。俱是尋常事，修行在此中。」其掃除堆葉、走動護蟲之事，不特與曲園補籬無異也。又憶唐人杜荀鶴有「伐薪教護帶巢枝」語，則知護蟲之句亦與此相近類。夫古人不欲童山竭澤，其意豈止在乎節用，節用以愛人，愛人而及物，亦仁之所存。此則詩家不可以不識也。

三十三

前人持論，頗以牢愁語入詩為譏，蓋文意蕪淺，其失在俗。自余所見宸帆諸詩，皆不避愁語，然思之彌淡，望之彌清，庶幾近得風雅，此亦溫李之餘脈也。瀛東沈君撰《淡南詩牋》，謂宸帆詩「若獨行秋水春園，孤身情鍾，一往無悔，雖愁亦愁，然有可愛之景，令人流連」，即此之謂乎？林君有〈重到紅樓〉四首，溫柔迤邐，尤見綺思。若「孰憐花謝竟無因，爭那風多落正頻。細數前塵甘寂寞，重臨舊地感漂淪」（其一）、「朱宇遲暉曾後期，於今何故兩參差。與君緣定三生夢，各自情留一點癡」（其二）諸句，事耶夢耶，是耶非耶，讀來直莫能辯。吾友瑤山最推其「繾綣風柔微作浪，飄蕭春老倦飛英」一語，謂之纏綿婉轉，如夢似幻，頗可印證吾說。

三十四

古之為詩者，必先達其意，次求其筆，而後通其文字。懼其立意之浮也，彫之琢之；懼其言語之澀也，夷之易之。華以治俗，超以救滯，固文章之理也。後人兢兢焉不敢犯。然既竭才力，猶有質不及文，蕩而忘返者，乃於聲律之中徒逞狡獪，繁飾益增，邊幅少窘，於是詩格日嚴而文氣日靡矣。遂取詰屈以為古，求撏撦以為富，譬如野水之淵，雖渟泓演迤，終傷於蕪。或有明白淺近、卑無高論之句，時人棄如草芥，實亦可以為饋貧糧。非求其俚，而求其質也。

三十五

王補帆有〈臺陽竹枝詞〉十八首咏臺灣風物，其三曰：「炊烟不起少人家，峭壁重巖雲氣遮。懷葛山中無歲月，一年又見刺桐花。」刺桐為花信之最早者，或曰南島語族咸目刺桐花開為歲序之更始。臺灣番民尤以刺桐花為稼穡漁獵之誌。清人何澂亦有〈臺陽雜詠〉記番民風俗，詩曰：「遑論宋士與金民，平埔高山迥不倫。憑著刺桐花紀歲，每刳大樹腹藏身。生涯林莽惟搜鹿，事業箕裘在殺人。我聽番歌疑梵韻，手牽足頓別傳神。」作者於第三句自註云：「番無年歲，以刺桐花開為一年。」番民歲序之紀，殊為異習也。

三十六

張說〈岳州別梁六入朝〉詩「岸杼含蒼捄，河蒲秀紫臺」，杼、蒲、捄、臺四字均與植物相關。杼，栗屬也，見《莊子．山木篇》。臺，莎草之屬，見《小雅．南山有臺》。惟捄字常釋為救者，此或為「梂、茮」之假字。《爾雅．釋木》曰：「櫟，其實捄（別本作梂）。」邢昺疏：「捄，盛實之房也。」《說文》段注於「茮」字釋曰：「詩箋作捄，《釋木》櫟其實梂，皆即茮字也。」又釋「梂」字曰：「假梂為茮也。今俗語謂緐多叢聚曰一梂。」復考諸從「求」得聲之字，多具聚斂之義。《說文》云：「逑，斂聚也。」《詩經》「捄之陾陾」，鄭玄箋曰：「築牆者捊聚壤土。」以「捊聚」釋「捄」，蓋正取其聚集之意。故段注中謂「俗語謂緐多叢聚曰一梂」，殆亦以植物聚生之形態而來，此說信而有徵也。

三十七

余丁酉客臺，所作輯為《談瀛集》。東晟丈贈詩曰：「談瀛自有江瑤柱，不藉輿圖味始滋」。丈自注此句取意於《寄鶴齋詩話》。然以江瑤喻詩，古已有之。《苕溪漁隱叢話》載蘇軾評黃山谷詩：「如蝤蛑江瑤柱，格韻高絕。」趙翼乃更為之說曰：「不可多食，多食則發風動氣。」清人徐樾有〈饌食〉組詩，其〈江瑤柱〉一篇云：「豐神雋永有江瑤」，〈海參〉一篇則云：「立無風骨空芒刺，不及江瑤品格高。」餚饌本無標格，而徐氏以筆談饌，褒貶俱見，遂使其味形於言外，可謂詩饌雙絕也。

三十八

杜子美〈望岳〉為古今所宗，妙絕一篇，後人望之，如臨高山，不敢置喙。鄭曼髯獨曰：「窮睇還山之鳥，目必眯而神斂。決眦張目正相反。若登泰山，鳥疾歸，迎目如箭，用決眦句便入神。今望岳則反是。」此論一出，直透精微。曼髯評詩，渾不論作者尊卑，李杜亦然，惟覺不合情理者，必圈劃批駁，真可謂不顧古人顏面也。

三十九

韋蘇州之〈郡齋雨中與諸文士燕集〉起句云：「兵衛森畫戟，宴寢凝清香」，古人以為起法高古，頗多稱賞。曼髯讀罷，輒批四字曰：「起句無聊。」至於「俯飲一杯酒，仰聆金玉章」兩句，曼髯亦不假辭色，圈之曰：「太吃力。」曼髯所指，蓋在於閒適燕集之中，「俯飲」僅為引出下句之用，固不必點明。讀者視而不見，唯曼髯識其馬腳，神理昭然，語感之敏銳，令人歎服。

四十

元結〈賊退示官吏〉，世稱其憤詞悲痛，兼有仁慈之心，可為詩史。其首句云：「昔歲逢太平，山林二十年。泉源在庭戶，洞壑當門前。」曼髯讀罷，直批曰：「家家能如是乎？」令人啞然失笑。中段復有「城小賊不屠，人貧傷可憐」之句，曼髯斥曰：「豈有此理。」至「使臣將王命，豈不如賊焉」二句，曼髯又斥曰：「失體。」此種評語，初讀驚駭難平，然細思之，真如當頭棒喝，令人再無置辯之地。

四十一

岑嘉州〈與高適薛據慈恩寺浮圖〉云：「塔勢如涌出，孤高聳天宮。登臨出世界，磴道盤虛空。突兀壓神州，崢嶸如鬼工。」人皆以為氣象雄渾，壯美非常，曼髯輒斥為：「一片浮夸之聲。」曼髯以太極拳名家，評詩亦循拳理，招招入肉，痛快淋漓，讀之令人拍案起坐，不能自已。

四十二

黃君崴庭著《不誠齋詩存》。詩以存誠，而自署「不誠」，此莊生寓言之旨也。觀其所作，能溯古人遺緒，並別出機杼。然意不苟作，其詠物若〈玻璃渣〉一題「終非白璧偏成碎，自曉明夷難瓦全」，巧攝幽微，苦心孤詣。述世如〈再詠加薩〉「空隨好月認殘居，敗瓦經行愧蹇驢。黃犬歸應迷所處，孤雛失可泣之於」，則斯世之變雅也。惟是集中間有刻意生新處，稍露斧痕。然瑕不掠美，究不傷風人之旨。

槑庵詩藁 卷六　談瀛齋瑣言　終

槑庵詩藁 卷七 讀詩雜誌

「文字遺民」與「患難君臣」身份的確立——陳曾壽〈假翮〉諸詩箋釋雜說

「文字遺民」

陳曾壽是同光體後期的代表詩人，他的詩學成就極高，與陳三立、陳衍共享詩界「海內三陳」的盛名。在政治思想上，滿清亡國之後，以鄭孝胥、陳寶琛為代表的同光體詩人大多具有復辟傾向。他們不仕民國，以遺民自居，甚至有過「民國乃敵國也」的放言。陳曾壽亦曾作〈次韻愔仲同年元旦試筆〉一詩，此題巾箱本下有「辛酉」二字，當作在民國十年(1921)。其尾聯言「遺民猶戴王正月，比戶春聲笑語闐」，可知詩人仍奉清朝正朔。陳曾壽之婿周君適亦嘗言：「辛亥革命後，袁世凱請他出任提學使，他不就，卜居杭州西湖。」[1]事實上，陳曾壽隱居於杭州、上海之間，在西湖的小南湖邊購築「畀廬」，居室名「陳莊」，門上以杜詩「北極朝廷終不改，西山寇盜莫相侵。」[2]為聯，亦是其不仕民國之一個側面。

然而陳曾壽之文學性格終不似鄭孝胥等遺老那樣激進。他 1920 年寫給盧洪昶的贈詩中曾道「文字遺民託鈍禪」，「鈍禪」即「癡鈍之禪」，亦頗有「韜晦藏拙」之義。故而陳祖王在給《蒼虬閣詩》作序時明言：「至侍郎之詩，出入玉溪、冬郎、荊公、山谷、後山諸家，以上窺陶、杜，志深味隱，怨而不怒。」[3]其落腳二句，意為詩人心事委曲，詩篇卻隱晦難明；情多怨恚，而詩不作激憤之聲。事實上，這也正是陳曾壽深隱、矛盾性格的寫照。

或許出於性格原因，雖然人生中大多數時間，陳曾壽面對「仕隱之間」的抉擇時，始終傾向於後者，並甘以「文字遺民」自居。但自陳曾壽三十三歲辛亥革命爆發至六十歲因陵廟事務辭官「重作舊京人」，其間亦曾數次出仕。隨著 1917 年張勳復辟，陳曾壽應召入京，授「學部右侍郎」。馮玉祥逼宮溥儀避居天津時，他曾「攜眷北上請安」。溥儀至東北以後曾以「患難君臣，猶兄弟也」相告，陳曾壽心雖犄牾，然終不負主恩，隨後任「偽滿洲國」的秘書一職。

在此階段的文學與政治生命中，「患難君臣」是陳曾壽一個無法回避的命題。一方面，在偽滿成立之際，陳曾壽曾多次上書，不但為自己請辭，更欲藉此機會勸阻溥儀皇帝北上。在其眼中，偽滿政權依靠日本人的扶植建立，雖在關外復辟，但本質上依舊是外族傀儡。然而另一方面，陳曾壽最終得到溥儀的傳諭：「同處患難之時，何可遠引乎？」多次上疏請辭不得，只能走馬赴任。

我們若憑此試圖推測陳曾壽亡國後依舊的出仕清廷的心理，那麼如何理解陳曾壽其在偽

1 周君適：《偽滿宮廷雜憶》（四川：四川人民出版社，1981年），頁1。

2 同上注。

3 陳祖壬：〈蒼虬閣詩集序〉，出自《蒼虬閣詩集》（上海：上海古籍出版社，2009年），頁490。

滿期間任職時的身份認同，實則成為了至關重要的問題。

「孤臣孽子」

滿清亡國後，以鄭孝胥、陳寶琛等名士為代表的滿清遺老是一個特殊的文人群體。對於其文學身份的認同，學界集中在「屈原」「冬郎」等形象身份的闡述，其中猶為代表的便是遺老群體的「冬郎」情結。然而由於晚唐時局所囿，韓偓詩的成就並不是很高，清季遺民所以推崇韓偓，更多的是出於對其事唐經歷的肯定，以及其眷懷唐室引起的情感共鳴。[4] 即以遺老 詩中常見的「冬郎」為況，實則是群體精神寄託與自我書寫。如夏敬觀評陳寶琛詩即云：

「其律體極似晚唐人韓冬郎渡海後詩，彌深亡國舊君之感。不特詩相類，其身世亦同也。」[5]

按《新唐書》記載，光化三年唐昭宗遭宦官廢黜，被李茂貞挾持至鳳翔。期間韓偓隨侍左右，並協助宰相崔胤平亂，唐昭宗復位後，欲拜韓偓為相，偓以德不配位固辭不受。同是亂世君臣，這與溥儀皇帝受脅迫遜位的遭遇何等相似。是以對於滿清遺臣來說，韓偓的孤身救主行為無疑能夠引發集體共鳴。陳健銘先生認為某種程度上，滿清遺老是通過將自己列入孤臣孽子的譜系，尋求解脫和安慰。是故其詩中明顯的「冬郎」情結便顯得猶為自然。

孤臣的內心是充滿痛苦和矛盾的，「承恩」與「負恩」是陳曾壽詩中從未改變的痛苦主題。韓偓事昭宗的可謂君臣相得的古史歷歷在目，這正是詩人所期待的。陳曾壽嘗作〈荊公〉一詩直言「直以仔肩付天地，最難遇合極君臣」，即從王安石與宋仁宗的生平際遇著眼，直陳對政治生涯的感歎。其又嘗作〈讀劍南集悲其壯志不遂篤老窮困然平生遇合亦有不可及者為作〉詩言：「非常遇合都堪羡，豈必乘時帶萬釘。」以劍南詩「莫羡朝回帶萬釘，

4 石任之：〈冬郎情結豈香奩——論近代詩人陳曾壽的遺民心態〉，《文學與文化》，2014 年第 2 期，頁 5。

5 夏敬觀：《忍古樓詩話》，張寅彭主編《民國詩話叢編》第三冊，李劍冰等校點（上海：上海書店出版社，2002 年），頁 25。

吾曹要可草堂靈」（〈遣興〉）作為翻案，陸遊平生雖不受重用，然畢竟亦有過繡韉金絡「萬釘寶帶」之時。是以陳曾壽有其際遇不可及之感。

事實上，這種對「君臣遇合」的執念似乎貫穿了陳曾壽的大部分生涯。直到晚年為陳祖王作〈送別病樹〉詩言「上下雲龍未可追，相依蛩駏復乖違……風塵無復挺之子，何處草堂容息機」之時，陳曾壽再次對劍南詩「吾曹要可草堂靈」進行了思索。其起句更是用《周易》中「雲從龍，風從虎。聖人作而萬物覩」的典故。言龍為君象，然終自己未可追隨侍奉，可以說是陳氏整段出仕生涯的縮影。第二句「蛩駏」則見於《山海經．海外北經》：

「北海內有素獸焉，狀如馬，名曰蛩蛩。」

對於這種異獸的解釋，劉向在《說苑》曾引孔叢子言：「北方有獸名蟨，食得甘草，必齧以遺蛩蛩駏虛。二獸見人來，必負蟨以走。二獸非愛蟨也，為其得甘草以遺之。」陳曾壽這裏言自己欲效「蛩駏」之行，遇到災難時必背負寵賚自己的君主逃走，但恩報之心終得乖違。我們藉此不妨回顧其任職偽滿往事：

溥儀至東北以後，曾為陳曾壽「蹴小樓三椽，凡資用之物皆備」，甚至曾派人帶密函並囑託陳曾壽不能萌生退意。雖然陳曾壽依舊還是不願做官，但感情上已無法拒絕溥儀的君恩之情。直至最終被任命為近侍處長，管理陵園事務，溥儀也是非常體諒地說「此朕私人之事，與滿洲國政府無關也」。[6] 至此，陳曾壽必定未能如初心所願，將溥儀勸離這個偽滿洲國這個傀儡場。甚至最終得以從中全身而退，已是一件幸事。

這段記憶在陳曾壽的筆下，便以《山海經》中的「蛩駏」之獸為寄託，而此經歷亦成為了陳曾壽晚年無法忘卻的遺憾和自責：在他看來，為日本操控的政權服務是不可饒恕的錯誤。這也是陳曾壽有別於其他遺民的一種獨特心態。

「遇合君臣」

在陳曾壽的請辭與不忍之間，我們看出了遺民心理的另一種可能，亦即其與同僚鄭孝

---

6 陳曾則〈蒼虬兄家傳〉，《蒼虬閣詩集》附錄，頁 434-439。

胥、羅振玉等遺老不同的一面——或許正是溥儀「患難君臣，猶兄弟也」的情誼恰好成就這樁「君臣遇合」的公案。我們還將以此為媒介，對其北上任職期間的部分詩作加以仔細探討。對此種心理，其弟陳曾則在為《蒼虬閣詩續集》作序時說：

「丁巳後，兄隨扈析津，及上幸旅順，屢疏諫阻，為大力者所迫，無可如何。上謂兄曰：患難君臣，猶兄弟也。感激涕零而不能離去。既至長春，命侍讀於椒堂。壬午因病請假，歸養舊京，遂不復出關。」7

可以說，陳曾壽從未相信過日本的協助，隨溥儀北上並非出於本意，然而力諫不得，又為故國君主的真誠所感，實是「無可如何」之事。加之陳寶琛以照顧溥儀，防止其履險為由力勸，陳曾壽終於做出了北上出仕的決定。

北上期間，陳氏自身的處境和內心的矛盾交攻時常在詩中隱現，此前論詩者通常著重於詩人的「冬郎」身份及其「落花」題材詩歌的闡釋。事實上，除此之外，陳詩中還大量採取了歷史中另一則「孤臣」的形象——晉文公的使臣狐偃，並以此身份作類比，在壬申年間創作了一系列如〈假翮〉〈將之大連留別韜庵年丈〉等帶有強烈身份隱喻的詩歌，雖然詩題主旨依舊是十分隱晦不顯的。陳三立在《蒼虬閣詩集》序中評價陳曾壽的詩：「嘗論古昔丁亂亡之作者，無拔刀亡命之氣，惟陶潛、韓偓，次之元好問。仁先格異而意度差相比，所謂志深而味隱者耶？」8 正是道出其中難處：蒼虬詩固然感情深沉，表達卻極其隱晦委婉。故使我們只能夠從中窺探這段「患難君臣」心史的蛛絲馬跡。

其中最具代表性的是〈假翮〉一詩，詩云：

「強鄰假翮盛文公，何恤胼勞與後中。志決艱辛原不悔，居深情僞故難窮。貪天功有之推恥，投璧心能咎犯同。自古君難臣不易，漫誇返國倚西戎。」

這首〈假翮〉詩作于壬申（1932）年，是溥儀皇帝建偽滿洲國，陳曾壽赴長春隨扈的

---

7 陳曾則：〈蒼虬兄家傳〉，《蒼虬閣詩集》，頁 437。

8 陳三立：〈蒼虬閣詩集序〉，《蒼虬閣詩集》（附錄二），頁 487。

時間。而《韓非子．外儲說左上》記載有一個狐偃送公子重耳回國即位的故事。狐偃就是咎犯，重耳即後來的晉文公，君臣相隨流亡十九年，正可與陳曾壽與傅儀的情形相比況。我們在此將《韓非子》中相關片段摘取出來：

「文公反國至河，令籩豆捐之，席蓐捐之，手足胼胝，面目黧黑者後之。咎犯聞之而夜哭。公曰：『寡人出亡二十年，乃今得反國。咎犯聞之，不喜而哭，意不欲寡人反國耶？』犯對曰：『籩豆所以食也，而君捐之；席蓐所以臥也，而君棄之。手足胼胝，面目黧黑，勞有功者也，而君後之。今臣有與在後中，不勝其哀。故哭。且臣為君行詐偽以反國者眾矣。臣尚自惡也，而況於君。』再拜而辭。」

從文意上看，〈假翮〉一詩即是對此事的隱括。首句「強鄰假翮盛文公」，然而不特重耳有強鄰，陳曾壽所惦念的滿清遭遇的強鄰環伺甚至超過重耳當時，所以用一個「盛」字著明。「何恤胼勞與後中」，典即《韓非子》中「手足胼胝，面目黧黑，勞有功者也，而君後之。今臣有與在後中，不勝其哀」的事。現今大眾通行本在標點這段文字的時候，皆作「今臣有與在後，中不勝其哀」，即把後、中二字分開，中字從下讀。但依蒼虬此句的文意，應該是以「後中」二字連讀，中字從上讀。此段意指晉文公在返國時，將籩豆和寢具都扔掉了，讓胼胝黧黑，也就是有功勞的人走在後面。所以咎犯就說「臣有與在後中」，也就是自己也應是走在後面的人中的一員。以文公不恤後中，故而引出後面「請辭」之事。至於陳曾壽「請辭」之原由，便在第三聯顯現，句云「貪天功有之推恥」。此句用的是《左傳》介之推不言祿的典故。即晉文公賞賜其患難君臣，而介之推以「不能貪圖天的功勞作為自己的貢獻」為由推辭。值得注意的是，在卷八〈假翮〉前，蒼虬閣尚有〈將之大連留別韜庵年丈〉一題，通篇與此詩相仿，茲錄於此：

「貪天已罪況居奇，辛苦彌縫敢息機。肝膽何緣分楚越，雲龍從古賴憑依。食籩臥席從捐棄，奇計常談誰是非。傅德保身廿年事，臨歧鄭重更沾衣。」

其中「貪天已罪」「食籩臥席從捐棄」數語，以《左傳》《韓非子》參之，故不難解。張之淦手批蒼虬詩，在卷八〈假翮〉下有這樣一段話：「蒼虬入滿洲後，詩遂多此類題目，蓋志苦心蹇，且又不能訟言，更又不能已於言，無奈何，乃作此等言語也。」9 是故，請辭之心事得以委曲見彰。而回到〈假翮〉一詩第三聯的「投璧心能咎犯同」句，則進一步引用了《左傳》裏狐偃送重耳回晉國時請辭之事。《左傳．僖公二十四年》：

「及河，子犯以璧授公子，曰：『臣負羈絏，從君巡於天下，臣之罪甚多矣！臣猶知之，而況君乎？請由此亡。』公子曰：『所不與舅氏同心者，有如白水。』投其璧於河。」

此典與介之推事在《左傳》中是幾乎相連屬的，這裏狐偃在黃河邊獻玉請辭，晉文公便將玉石投入河水以示其心。不得不讓我們聯想陳曾壽入偽滿洲國之際，溥儀「患難君臣，猶兄弟也」「同處患難之時，何可遠引乎」的名言。當此之際，陳氏可以說欲留故罪，欲辭不忍。他固不能拋棄共患難的君主而去，亦不願違背個人心意在偽滿任職。所以只能採用折中的方法，便是以溥儀「此朕私人之事」為由暫且說服自己。然而這樣的作法定非長久之計，也最終為晚年的追悔文字埋下了深刻的伏筆。

「自古君難臣不易」一句，雖然是用的《論語》「為君難，為臣不易」之語，但感情上應該和溥儀「患難君臣，猶兄弟也」相參看。最後一句「漫誇返國倚西戎」，西戎用在原典，本來是對秦國的稱呼，但是在這裏當為喻指扶持溥儀返回「故國」的日本。「漫誇」二字意即「莫誇」，重建故國本是滿清遺老最渴望的功業。但是與心態全異，陳曾壽此處卻說這事不值誇耀的事情，起因當然是由於對政權背後的「西戎」質疑。

結合整首詩義以及《韓非子》中狐偃「再拜而辭」、最終辭而不得的結果，都與陳曾壽的境遇有關係。須知狐偃為送晉文公歸國，經歷了近二十年的等待，這大致與偽滿復國的等待時間相當。

「孤擲鑄錯」

陳曾壽在 1940 年嘗回憶自己由滬北征時，毅夫同年欲贈金百元，自己堅辭不受之事。並自言「後中傷敝席，惘惘豈能甘」，始知詩人晚歲之際仍不忘仍以狐偃事自況。事實上以

---

9 龔鵬程：《文化文學與美學》（臺北：時報出版公司，1988），頁 489。

《蒼虬閣集》中其餘諸篇詩語參校，我們不難得知陳曾壽晚年對這段北上任職的經歷是始終念念不忘的，且每提及此，都帶有十分後悔的心緒，甚至可以說耿耿於懷。他在去世前兩年（1947）曾作〈梧葉滿階慨然有作〉一詩，詳細記敘了時常夢到自己侍奉在溥儀左右的情況。而該詩竟以「孤注一擲鑄大錯，逝者地下應懷愧」做結。其「大錯」固然意指清廷不該聽任日本人扶植復辟，或許也是為自己任職偽滿經歷的自責。

對於狐偃和介之推的比況，在陳曾壽晚年詩作中比比皆是：〈和史文甫寄懷〉一詩言：「故人萬里寄詩篇，回感前悰損夜眠。未致賢才真負主，全疏人事敢貪天。」〈三月二十一日雨中奉母遊七里瀧〉：「徒然託高隱，安窺龍德全。我愧介推風，奉母樂清漣。」並用介之推事，以隱藏自己的矛盾心境。

而這種追悔之心尤以晚年〈和李佩秋〉一詩為顯明，詩云：

「愁聽邊砧近十秋，難將鑄錯訴從頭。未隨北狩茹深恥，更遣南來感舊遊。失據飄流何所居，居奇捭闔幾曾休。寒風殘照南陽路，不見當年墨色樓。」

此詩約作於 1947 年初，而此時作者已經寓居滬上。陳曾壽於 1938 年辭歸，想念往事之時無不在追悔中度過，故該詩以「愁聽邊砧近十秋，難將鑄錯訴從頭」為起。當此之際，溥儀則早已結束了在偽滿 13 年的傀儡生涯，監禁在蘇聯將近兩年。始知次聯「未隨北狩茹深恥，更遣南來感舊遊」之北狩一言故婉辭也。

我們已不能分辨陳曾壽的「孤擲鑄錯」究竟是為了溥儀或是為了滿清而感發，亦或者更是對於自身生涯的喟歎。但其「文字遺民」與「患難君臣」身份卻由此確立，我願意引《蒼虬閣詩》中的這樣兩句做結，庶幾可以涵蓋詩人一生的矛盾與追悔：

「居奇鑄錯那可追，半啖殘缸真一瞥。
惟餘結習尚微吟，刻畫終難鈍心鐵。」

（此文原載香港文學館《方圓》雜誌二零二三年夏季號 總第十七期）

晚清詩人筆下的隱史與隱言——葉昌熾《辛臼簃詩讔》箋釋雜說

葉昌熾（1849—1917年），字蘭裳，又字鞠裳，晚號緣督廬主人。江蘇長洲人（今蘇州市），雅以金石文獻名家。其在京城任史官時，正值晚清政局板蕩，乃以供職之便，廣閱讀邸鈔上諭，多有採獲，所作七律後集為《辛臼簃詩讔》（下文或簡稱《詩讔》）。徐世昌《晚晴簃詩話》謂其「夙不以詩名，卒後門人為刊《辛臼簃詩讔》二卷，皆七言長律，感懷時事，語多深切，宜其自秘不出也」（卷一百七十六）。《詩讔》乃詠嘆晚清光緒朝政壇動蕩、時局危殆之詩史，其言多有實指。然其詞詭譎，其事隱微，素難索解。

1923年同鄉後輩王季烈將《詩讔》刊刻，其後滿清遺老如朱祖謀、夏孫桐、葉景葵、王季烈、劉承幹、費樹蔚、翁廉等多次對其批注闡釋。其批注本由單鎮、顧廷龍、王欣夫等蘇州籍藏書家彙集、皮藏。今上海圖書館古籍部、復旦古籍部皆有王欣夫所錄之十家箋注本《辛臼簃詩讔》，上海圖書館亦藏有《詩讔》之藁本，成為一窺晚清學者心史之重要途徑。[10]

《辛臼簃詩讔》之寫藁本封面原有「暫時決不刻」字樣，蓋因葉氏於詩中指陳時局，臧否人物，未脫當時風氣，故其所作亦不欲為時人觀覽。王欣夫《蛾術軒篋存善本書錄》提要謂：

以詩多刺時人，故不列真姓名。隱記清末甲午、戊戌、庚子諸朝政。先生久官京朝，蒿目時艱。長言永嘆，有〈小弁〉詩人之旨。至其運典之工，隸事之切，猶其餘事。惜時移事往，加以詞旨隱晦，讀者多已不瞭其本事。先生書曰《詩讔》，自題又有「射覆」「迷藏」之喻，固不求人知。11

10 關於《辛臼簃詩讔》之藁本及批注，可參周興陸：〈葉昌熾《辛臼簃詩讔》的流傳和批注〉，《文獻》2016年第2期，頁10。

11 王欣夫：《蛾術軒篋存善本書錄》（上海：上海古籍出版社，2002），頁1071-1072。

葉昌熾於《詩䜟》末，特作自敘之〈書葛稚川自敘篇後〉詩言「老去詞章慙庾信，虞初小說續殷芸」，是自謂其所作諸章，以詞章之體，摻雜小說筆法。然其敘述故事之隱微，在當時即已不為時人所瞭。詩中又多記聞記見之說，其本事或存諸葉氏《緣督廬日記》，或取諸稗官野乘之采獲。讀者輒轉失其解，幸十家批注存焉，雖注文簡略，亦能舉其要義。然或因注詩者皆身在局中，故於詩中本事往往有避而不談者，必重為考索，始得其妙義。如〈再續童謠〉其二：

毳衣如菼檻車收，蒙袂都亭視決囚。天道好還君入甕，家傳良冶學為裘。須知欒黶生懷子，不少元咺訟衛侯。讀得尊王金鎖匙，未能漢律附春秋。

朱祖謀批注此詩言：「徐栩士侍郎（承煜）。」夏孫桐批注言：「刑部徐侍郎承煜。」一本又批作：「刑部侍郎承煜。」郭則澐《十朝詩乘》批注此詩言：「『毳衣如菼檻車收』，言徐承煜之就戮也。」

今案，此詩詠徐承煜之死，諸注皆言及之，塙無疑義。然此詩前三句，因敘及袁昶、許景澄被戮之故事，亦頗有可議論者。先是，庚子年義和團起於山東，屠戮外國教士。袁許二公上疏參奏，因忤逆慈禧太后之意被法。二公於菜市口行刑，舉國稱冤。時唯徐承煜監斬，頗有洋洋自得之態。及辛丑年徐承煜之獲罪就戮也，觀者於菜市口皆道「天道好還」，此即第三句「天道好還君入甕」之所由。「君入甕」，即用唐張鷟《朝野僉載》所記周興自取其禍之故事。明朱朝瑛《讀詩略記》卷四言：「周興之請入甕，非獨天道之好還也。」乃知酷吏下場，多見前人之殷鑒也。

然則此事乃葉鞠裳記錄當時見聞之事，僅傳之野聞，正史俱不載。《清史稿》列傳卷二百五十二記徐桐、徐承煜父子之死，但言：「聯軍入，桐倉皇失措，承煜請曰：『父芘拳匪，外人至，必不免，失大臣體。盍殉國？兒當從侍地下耳！』桐乃投繯死，年八十有二矣。而承煜遂亡走，為日軍所拘，置之順天府尹署，與啓秀俱明年正月正法。」是徐承煜之死狀，正史僅以「正法」二字賅之。此史家持正之筆，於詩人心境而論，則頗嫌為之諱言。坊間巷議，固不必持此正論。如《申報》光緒二十七年（1901）五月一日第一版〈觀三忠舉襄事慨乎言之〉欄記此事，則言：「抑又聞之，當三忠之突被奇冤也，起意者係端、剛，而鹽斬者係啓秀、徐承煜。乃未幾而端卽禁錮，剛卽自盡，啓、徐亦卽明正典刑。可見天道好還，無施不報，人亦何苦一朝得志，卽逞其私見，恣意橫行哉！」12

此報端私議與正史相比，更凸顯作者心性。以其事頗具戲劇張力，其後又被小說家多番演繹，成為後世時人茶餘之談助。如臺灣歷史小說家高陽撰《慈禧全傳．胭脂井》寫徐承煜死事，即採此傳聞，筆墨更事渲染鋪張之極致：

兩乘沒頂的小轎，先擡到刑部大堂過堂，做完了照例的驗明正身的手續，原轎擡到菜市口。洋人聞風而至，不計其數，有的人還架著照相機，東一蓬火、西一蓬火地燒藥粉照明，將徐承煜的下場，紛紛攝入相機。「天道好還！」大家有著相同的感慨，「徐承煜監斬袁昶、許景澄，是何等得意。誰想得到，曾幾何時，當時伺候『二忠』的劊子手會來伺候他？」13

以此觀之，葉昌熾之作《詩讖》，雖合詞章之體例，亦多採稗官之筆法；雖非真正「虞初小說」，亦殊得語言之妙味。詩人又於庚子年間，因義和團發跡之初，亂相頻仍，多聞有怪力亂神之法術比附其事者，乃作〈覶瘏篇乙〉記錄當時見聞，其四詩言：

> 埽地為壇啟道場，爐香結篆紙焚黃。紅燈作罩驚空墜，絳帕跳刀善蹶張。煜爚飛光蠶出蠱，咆哮食肉虎為倀。不須驄馬人爭避，橫絕長安卅六坊。

夏孫桐批注此詩言：「結壇練拳。」然則此詩乃寫義和團教門集會諸端異相，夏注簡略，未能盡括其意。如「結篆焚黃」者，言拳民集會時焚香請神之態。「絳帕」者，謂拳皆尚紅，其人以紅巾紮頭之貌。晚清筆記中記載此類事件頗為詳備，如吳永《庚子西狩叢談》亦錄此二事，各言：「須先焚表請神示，左立者乃取黃紙一張，就燭然之。蓋彼中實以此法定神判。」「隸於『坎』字者，謂之紅團，巾帶皆紅色，上畫坎卦。大勢既集，遂公然編列

---

12 《申報》資料之來源參考上海圖書館中國近代報刊數據庫：https://z.library.sh.cn/next/resource/databases/1145

13 高陽：《慈禧全傳．胭脂井》（臺北：皇冠出版社，1976），頁513。

隊伍，製造兵器，以軍法相部勒。練習時，由大師兄拈香誦咒，其人即昏然仆地。俄頃倔起，謂之神來附體，則面目改易。輒自稱沙僧、八戒、悟空之類，狂跳踴躍，或持刀矛亂舞。」故四句「跳刀善蹶張」者，言義和團勇於神降時則躍起，操刃而舞，力竭乃止也。鞠裳又有〈拳民〉組詩言：「揚盾有同方相氏，跳刀本以拍張名。」與此事同類。

此詩中之「紅燈罩」乃為最可記錄者，因今人所謂紅燈照（罩），多為義和團附屬之女性拳會組織之名。因其身著紅色裝束，手提紅燈籠，故得其稱。然則葉氏詩中之「紅燈罩」者，乃義和團操縱天火之秘術，非以人言。《緣督廬日記》庚子年五月初八日：

> 聞京津鐵路又有警信，訛言義和團夜誦咒，有紅光一點，上升霄際，與星月相輝映，謂之「紅燈罩」。黃昏，奴子譁言：「紅燈罩起！」排闥視之，無有也。人無釁焉，妖不自作。傳曰「國家將亡，必有妖孽」，勵精圖治之朝，何以有此。

此記載頗與袁昶說法近類，袁氏《亂中日記殘稿》：「羣呼之曰『照』，蓋北方呼火燃之音，即『著』字。」[14] 袁昶「紅燈著」者，亦以其術言，非以人言。「紅燈罩」事於葉鞠裳《詩讔》《日記》中數見，可見詩人係念之深，必至於中心耿耿。其例又如〈再續童謠〉其三詠尚書啟秀，其尾聯云：

> 聞道紅燈自天降，交民巷作火珠林。

其本事亦見於葉昌熾《緣督廬日記》。庚子年五月十四日記：「訛言亂民將燒東交民巷使館，不可不防。啟云：『紅燈罩自天而下，不啻天火燒，何能尤人？噫！吾輩無死所矣。』」此不失為一晚清軼事，而僅見於葉氏著錄，亦合列隱史之一端。然則此類秘術非獨義和團所專擅，即京城官場之中亦有篤信此行者。葉昌熾曾於丙午年十一月廿六日補作〈城東祝延辭〉一首，刺大學士徐桐於拳匪亂時事，其詩云：

> 敬祝先生八十筵，內家敕賜大酺錢。青宮世子頒輪帛，絳帳門生侑管絃。優詔特書綸閣

---

14 袁昶：《袁昶庚子日記二種》（上海：上海古籍出版社，2020），頁36。

考，乞言已到杖朝年。未聞無齒餐人乳，素女真方漱玉泉。

費樹蔚批注此詩言：「刺徐蔭軒也。」夏孫桐批注此詩言：「王仁和賜壽。」今案費、夏兩注，一說徐桐，一說王文韶，當以徐桐為正。光緒二十六年己亥（1900）建儲，清廷立溥儁為大阿哥，以徐桐為帝師，桐時年八十。此即「青宮世子頒輪帛」之意，以太子居東宮，東方屬木，於色為青言之。王文韶固不足當其比。

然此詩末聯以「未聞無齒餐人乳，素女真方漱玉泉」作結，於文字極合祝延稱觴之體，實則暗含諷刺，故費注以「刺」字稱之。雖將「人乳」「素女方」「玉泉」解作頤養之用亦無乎不可，然觀徐桐於庚子國變年所行諸事，亦可察鞠裳用事之微旨。蓋詳考之，其事有二。其一乃徐桐主持以「陰門陣」作戰，即以女陰、經血等穢物有抵禦槍炮之功用。此事詩人則以「素女真方」刺之。其二乃以玉泉山水倒灌城中以淹使館之議。此事詩人則以「漱玉泉」刺之。

二事皆可見諸晚清時人筆記。高樹《金鑾瑣記》有詩述此事，有「何時玄女傳兵法」

句，注曰：「徐蔭軒相國傳見翰林，山東張翰林曰：『東郊民巷及西什庫洋人，使婦女赤身圍繞，以御槍炮。』聞者皆匿笑，蔭老信之。」[15] 又李希聖《庚子國變記》記：「請用決水灌城之法，引玉泉山水灌使館，必盡淹斃之。」[16] 似此諸說，皆載於野史筆記，非正史所能備錄。

然則稗海繁蕪，詩人隱記之史實，於讀者則不能具察。有時詩中所述諸事乃為葉氏親見親歷，即注詩十家，亦有牽合比附，致失其解者。如〈覼瘖篇乙〉其卅二首：

> 櫝楚今真上大夫，老拳雞肋飽還無。株連律竟遭笞背，切近災應筮剝膚。辱國豈惟羞父老，擇鄰原合遠屠沽。相公席上方行炙，飯後鐘鳴日已晡。

15 榮孟源、章伯鋒：《近代稗海（第一輯）》（成都：四川人民出版社，1985），頁 49。

16 李希聖：《李希聖集》（上海：華大師范大學出版社，2011），頁 77。

張志潛批注此詩言：「婺源李蠡純（蒓）少司空。」費樹蔚批注此詩言：「安徽李侍郎為德人笞股，並作苦工。」夏孫桐批注此詩言：「侍郎李蠡蒓為洋兵抓去鞭責。」

實則此詩言士大夫為洋兵所辱者數事，其「笞背」句確指李荔城侍郎因鄰童戮辱，餘事則張、費、夏注皆未悉數著明。李侍郎本事見《緣督廬日記》庚子年九月十三日，然則張、費、夏三家未必皆得觀覽：「後孫公園德館，有一童子飛擲磚瓦，拘其四鄰。李荔城侍郎及茂如之妻舅溫東甫，皆鞭背至數十。荔公絕而復蘇。京朝大員被辱至此，尚復成何國體！」此事郭則沄《庚子詩鑒》亦述及之云：「某侍郎時官詹事，所居鄰兵營，有投石者因連逮被撾。」其名字則不及備錄。羅癭公《庚子國變記》亦載此事，則錄為李蠡純（昭煒）事：「侍郎李昭煒所居，有小童擲石傷洋兵。則入執昭煒至營，痛撻之，復驅出，暈墮於玉河橋下。于式枚方居賢良寺，趨救始甦。」鞠裳所述「李荔城」名今不可考，相校諸家所述，似當是李昭煒別名，本婺源人也。昭煒光緒廿六年（1900）官詹事，可與郭說參正。其事正因鄰童抛擲磚瓦起，而四鄰皆受辱於此，故以「株連」言之。

「辱國豈惟羞父老」者，謂啟映之尚書為洋人所拘。事見閏八月初一日《日記》：「自城來者，云啟映之尚書為洋人所得，將甘心焉。始知其並未隨扈，亦未見機遠避，老悖至此，死何足惜，但辱國耳。」其下言「遠屠沽」者，謂鄰里宵小之輩竟或為洋兵幫凶，故當趨走避之。尾聯言「日晡」者，事見八月初一日《記》：「又聞佩老派留京辦事，日晡，有鳴槍於途者。執送州署，笞之千餘，釘鐐收禁。可謂雷厲風行矣。」

此題凡數種種，要之皆士大夫之見辱者也，亦皆鞠裳親歷之見聞。注者不能察，乃牽合他事說之，雖不礙風人主旨，亦略嫌說解之疏闊。《詩讔》中此類作品，未嘗不可以「虞初小說」目之。其事見於詩、載諸記者，皆可謂詩人委曲之隱史。

詩體俳優慙射覆——「隱言」說略

《詩讔》所述之事固已隱然難明，其語言亦有可隱之處。即詩人之隱言，亦或稱為隱語。如鞠裳〈挽吉甫同年熙元疊前韻〉有「秦法由來重劫灰」句，句下自注：「各國以俄為暴秦。」若無此注，則讀者必以「秦法」為詠中國事。此非關乎文字遊戲，實乃葉昌熾有意使用之文字技巧。其《詩讔》後自敘詩中嘗言：「詩體俳優慙射覆，史官檮杌等閒評。」詩人以「射覆」自比其詩，知其語義多有所寓。讀者雖不煩猜摩，然葉氏詩風隱微幽曲，雖注詩者亦難免茫然自失。若葉昌熾有〈自由鐘〉詩一首：

海外腥風染帝江，囂然事雜更言哤。猙獰跖犬逢堯吠，蜿蜒神龍受佛降。天妹磬原無間指，地球鐘竟自由撞。放勳為子尊親極，熱血何煩灑滿腔。

此詩諸家未注，殆皆不明所由。顧廷龍錄本僅有葉景葵貼簽一則，評此詩：「『自由鐘』似係新聞紙之名，或指《清議報》，不知是否。葵。」今案，葉景葵之簽注與此詩可謂風馬牛不相及。此詩承《書後漢書黨錮傳後》而作。夫〈黨錮〉諸篇，專言太后訓政及新黨之禍。此詩以次第繫之，似當為戊戌變法後，兩宮權勢之浮湛與對立。

詩中「堯」與「放勳」實為一人，放勳即帝堯之名。以身份之崇貴而言，唯有光緒帝足當此比附。此詩四句與七八句一義，「龍受佛降」者，字面義謂以佛法降服神龍。龍者，天子之象；佛者，太后之比。查檢晚清士大夫信札、電文，常以一「佛」字指代慈禧太后。如庚子拳亂時，巢鳳岡電張之洞文即言「上主和，佛主戰」。又常以「龍」字代聖上，如李希聖《庚子國變記》：「願得一龍二虎，一龍謂上，二虎慶親王奕劻、大學士李鴻章也。」[17]是以「上」「龍」字與「佛」對言，似是當時習語，於今則失其語境。然則龍受佛降者，即葉昌熾詩中之「射覆」，亦詩人之委曲隱言也。試以常語轉譯之，則當為光緒帝受慈禧太后所制約，言兩宮嫌隙也。詩人身處朝中，不能明言，故取義婉轉，以達其意。

「放勳為子尊親極」者，見宋郊廟歌詞「堯母之聖，放勛為子。同心協謀，柔遠能邇」。時變法已敗，德宗（光緒帝）囿居瀛臺。詩人乃不言受制於親，而言「尊親」者，故取曲筆以為尊諱也。伾文滅裂，聖主居潛，詩人故有「熱血何煩」之說。此事不乏詩人之詠，如高樹《金鑾瑣記》：「神龍或挾風雲遁，權用瀛臺作水牢。」[18]王季烈《詩讔》序亦言：「漸臺聖主，已如失水之龍。」固知宜乎其比也。

---

17 李希聖：《庚子國變記》（上海：華東師範大學出版社，2011），頁67。

18 滎孟源、章伯鋒：《近代稗海（第一輯）》（成都：四川人民出版社，1985），頁42。

以此觀之，「地球鐘竟自由撞」似當指維新派之行動，以宣揚西學作比，非必專指《清議報》言，葉說恐誤。「天妹磬」「地球鐘」二事，皆說解「神龍見降」——即德宗受制之由。前者見《詩．大雅．大明篇》：「大邦有子，俔天之妹。」考此篇詩意，即《箋》云「大邦有子女可以為妃」者。則天妹者，裕隆皇后之比也。皇后為慈禧太后之姪，奉懿旨而成婚，實有監視德宗之意。詩人以此言兩宮嫌隙之始。今案：《詩》「俔」字，《疏》云「磬」，《韓詩》亦作「磬」，詩人故取與「鐘」字相對。然《說文》《爾雅》釋「俔」字並曰：「間見也。」《左傳》謂之「諜」，卽今之細作也。則此或似以從「間見」者為長。詩人此曰「無間」者，殆因夫妻之禮，必取同藏無間也。「自由鐘」者，維新派之比也。以戊戌間德宗聽任維新派之主張言之，此則兩宮嫌隙之盛也。

細味此詩，可知葉氏之詠史諸作，意在乎「檮杌」而語取諸「射覆」。此例即詩人「隱言」之一端。葉昌熾又於丙午年二月作詩數首，廣用此隱語之法。《緣督廬日記》：「今年共得二十八首，先作〈獲麟〉八首，續成二十首〈書後漢書黨錮傳後〉。皆廋言，亦皆實錄也。」夏孫桐批注：「康有為昌言變法，數詩具其本末。」今觀此兩組詩皆寫戊戌黨人，其中與康有為有關者，頗有可玩味之處。如〈獲麟〉詩第一首云：

彼此相持一是非，八儒三墨本交譏。荊舒緣飾新經義，嶺嶠跳梁舊布衣。沮誦佉盧紛著作，阿難迦葉競皈依。素王崛起千秋後，顏子農山未庶幾。

費樹蔚批注此詩言：「刺康有為也。」殆因康氏托古改製，平日亦以聖人自居。此詩即以「素王」為辭，指代康長素（有為）；以「新經義」為辭，影射其《新學偽經考》。葉昌熾《緣督廬日記》戊戌年八月十四日：「康長素所著《新學偽經考》，鄙人一見即洞燭其奸。其通籍後在京廣通聲氣，名士趨之若鶩。僕非但無一字往來，並未嘗識其面目。其在粵東館約茶會也，折柬來召，僕毅然書『不到』二字。」可見葉昌熾於康有為之學問及人品，皆嗤之以鼻。然每言及康氏，必以「素王」「聖人」稱之，實際亦是一種隱語，意欲藉此將孔子（素王）與康有為之形象建立一種固定的指涉關係。

關於康有為自號「長素」之由，光緒二十年甲午（1984）余聯沅彈劾康有為折即已明言：「以為長於素王，而其徒亦遂各以超回（陳千秋）、軼賜（梁啟超）為號。乃逞其狂吠，僭號長素。」19 曾廉〈應詔陳言折〉亦謂其門生：「梁啟超在康有為之門，號曰越賜，聞尚有超回等名，亦思駕孔門之上。」

此說或係當時公論，雖間或有為維新黨人為其辯駁者，如李瀚章於九月二十一日上奏「遵旨查復康祖詒新學偽經考折」，以《新學偽經考》為弘揚孔子學說。論及康有為：「以長素自號，蓋取顏延年文，『弱不好弄，長實素心』之意，非謂長於素王。其徒亦無超回、軼賜等號。」20 其說實未為的論，或係出於政治目的而故作回護之語。細檢史料，易知康有為自比先賢之行徑，實為夙昔之性格。如檢《康南海自編年譜》，輒見康氏於同治八年十一歲時自言：

於時動希古人，某事輒自以為南軒，某文輒自以為東坡，某志輒自以為六祖、邱長春矣。俛接州中諸生，大有霸視之氣。

其於動輒睎（希）古之行為毫無掩飾，並引以自得。故康有為之自號長素，勢必與此心境不無瓜葛。查《年譜》手藁本，尚有「忽思孔子，則自以為孔子焉」之句，則其自號取義尤為確鑿無疑。是以康聖人之稱謂，於晚清士大夫之間，實屬屢見不怪。尊之者甚多，譏之者亦夥。鞠裳與南海未嘗識面，然每提及之，下筆必稱「聖人」，誠語有春秋也。鞠裳《詩讔》詩中似此類「隱言」著墨甚多，又如〈獲麟〉詩其八：[19][20]

西市彈琴顧夕陽，海天鴻鵠已高翔。草歌千里空遺恨，艾蓄三年未改方。忍見騎驢臨獨柳，早聞乘鷁泛搏桑。斯文未喪原天幸，不救池魚失火殃。

費樹蔚批注此詩：「指六君子受刑。」今案七句「斯文未喪」即用聖人典故，見《論語．子罕》：「子畏於匡，曰：『文王既沒，文不在茲乎？天之將喪斯文也，後死者，不得與於斯文也；天之未喪斯文也，匡人其如予何？』」其用意在此詩首句即已點明：「西市彈

---

19 蘇輿：《翼教叢編》（上海：上海書店出版社，2002），軍機處檔 133658，頁 25-26。原署安維峻所上，見茅海建考辨。茅海建：《從甲午到戊戌：康有為〈我史〉鑑注》（上海：生活．讀書．新知三聯書店，2018），頁 39。

20 中國歷史第一檔案館編：《光緒朝朱批奏摺（第 32 輯）》（北京：中華書局，1995），頁 525。

琴顧夕陽，海天鴻鵠已高翔」者，即謂六君子就戮與康南海遠颺。

其三句「草歌千里空遺恨」，亦是當時世人常用之隱語——「千里草」三字合之即是「董」字——此句謂康有為策動董福祥未果。據陳衍〈林旭傳〉載：「相傳旭獄中有詩云：『青蒲飲泣知何補，慷慨難酬國士恩。欲為君歌千里草，本初健者莫輕言。』千里草指董福祥，蓋少戇也。」21 林旭此詩係獄中寄譚嗣同，詩中「本初」為袁紹字，此則指代袁世凱。此詩謂應策動董福祥，不當信任袁世凱之意。

若謂以「聖人」指代康有為尚為時人公論，葉氏此詩中以聖人（孔子）典故比諸康氏之行，則將指「隱言」涉推進至「隱喻」層面，成為擴大化的、概念性的指代。此手法頗為葉氏所習用。其與〈獲麟〉詩內容近類之〈書後漢書黨錮傳後〉組詩中，其十七首首聯言：

聖門弟子轍環餘，賜與顏回實啟予。

此詩以「聖門弟子」謂康門弟子。「賜與顏回」者，殆謂梁啟超（軼賜）、陳千秋（超回）。梁氏於光緒十六年庚寅赴京會試不第後，拜康有為為師，即為「聖門」之大弟子。見前曾廉〈應詔陳言折〉語，梁鼎芬〈康有為事實〉亦謂：「超回即陳千秋。」「啟予」即起予，見《論語．八佾》，乃孔子之言。此則謂梁啟超、陳千秋等門徒實有助益於康氏。此例即超脫專名之範疇，以概念性的孔子典故，作為康氏之隱喻。

又如在敘述戊戌年間維新黨人見聞的〈所見〉第二首：

朱雀坊頭第幾街，申夭夫子燕居齋。館人業屨還存牖，獄吏爰書已歷階。蕉荔香銷珠海舶，莓苔迹印魯風鞵。茫茫不見喪家犬，賜也無須敝蓋埋。

費樹蔚批注此詩：「詔查抄南海館。」今案，此詩記步軍統領崇受之金吾查抄南海館，康有為聞風遠逃事。「朱雀坊頭」，本以長安城南朱雀門言者。此詩借指京師城南宣武門，以南海館所在正處宣南地言之。「申夭夫子」者，見《論語．述而篇》：「子之燕居，申申如也，夭夭如也。」此指康南海之閒居。「館人業屨」者，典出《孟子．盡心下》：「孟子

---

21 翦伯贊：《中國近代史料叢刊．戊戌變法》（上海：神州國光社，1953）第四冊，頁 58。

之滕，館於上宮。有業屨於牖上，館人求之弗得。或問之曰：『若是乎從者之廋也？』曰：『子以為是為竊屨來與？』」此謂康南海之於館舍授業也。「魯風鞵」亦用聖人典故。見《清異錄》：「唐宣宗性儒雅，令有司效孔子履製進，名『魯風鞵』。」此則借以言康聖人之履跡。「喪家犬」者，見《史記．孔子世家》，肖康聖人落魄之狀也。

觀葉氏此詩，以夫子典故隱射康有為之行，可謂連篇累牘，不厭其煩。然此皆取古人文辭已有之成典，讀者稍加玩味，即明其義。《詩讜》之中亦或有葉昌熾獨創之「隱言」，解者不察，自不知其所以。若〈志在揚之水卒章述我聞篇〉其二首：

想見奮髯抵几日，是翁矍鑠尚當年。孟公隳突驚談座，鮑老郎當困舞筵。無補原難辭韈線，不調猶悋改琴絃。臣家本出辛陽里，試讀商巫咸乂篇。

夏孫桐批注此詩云：「高陽李文正。」一本又批作：「似指翁常熟。」費樹蔚批注此詩云：「同時在樞廷者為額勒和布、許庚身、孫毓汶、張之萬，此詩皆不似，或指張子青。」

今案，此詩寫高陽李鴻藻，兼述及晚清清流派南北之辨，當以夏孫桐前注為是。查上圖所藏藁本《詩讔》，知末句初作「共將南北分門戶，未讀蒙莊齊物篇」，後塗改為今本「臣家」句。

蓋因晚清前清流派多北人，以軍機大臣李鴻藻為領袖，是為「北派」；後清流多南人，則以帝師翁同龢為首領，是為「南派」：此即藁本尾聯原作「共將南北分門戶」之意也。然二派清議洋務運動，成員亦多為御史言官及翰林學士，必析分為二者，僅以地域言之。或亦有以中法戰爭為界，二分前後者，其理念非有劃然之分別。故詩人初言必分南北門戶之人，未省莊生「齊物」之意也。後或因所議太過直露，遂改作「臣家本出辛陽里，試讀商巫咸乂篇」句，語義更晦，致使說者盡失其解。

若費注舉樞廷諸臣，皆不近切。而夏注先出李鴻藻，後注翁同龢者，差近之矣。殆因「辛陽里」一詞全係鞫裳虛造，即合葉氏自言「俳優」「離合」之詩體。析論之，則「辛陽」或即高陽之隱語。見《白虎通》：「顓頊有天下，號曰高陽；帝嚳有天下，號曰高辛。陽猶明也。高陽者，道德高明也；高辛者，道德大信也。」「臣家本出辛陽里」者，以李鴻藻早歲直軍機丁母憂，開缺里居言之（事見《清史稿》），非謂荀氏西豪之高陽里也。「巫咸」

者，《尚書．商書》：「伊陟贊於巫咸，作《咸乂》四篇。」《史記正義》：「巫咸，吳人。今蘇州常熟縣西海隅山上有巫咸、巫賢塚。」則此似以「辛陽」指高陽（李鴻藻）、「巫咸」指常熟（翁同龢）。「本出辛陽里，商巫咸乂篇」，實亦南北門戶之辨也。

李鴻藻居樞廷於南北之成見頗深，其外孫祁景頤著《谻谷亭隨筆》，稱其：「無知人之明，中為清流利用，不免黨援。南北之見甚深，卒以此剝削元氣不少。文正素持南北之見，其甚不得已用南人，則當擇較善者。」[22] 持較觀之，其論轉較鞫裳更豁露，誠為可貴，然益覺葉氏《詩讔》之隱語幽微也。

苦吟漫作周秦紀，飯顆山頭太瘦生

光緒三十二年丙午（1906）十一月二十日，《詩讔》寫藁已定，葉昌熾刪併舊作三首，別作一首附〈詩讔自序篇〉後，此作即今刻本題名為〈寫定藏之篋衍漫題一首於後〉之詩。葉昌熾於深夜燈下，寫就其詩結語：

> 苦吟漫作周秦紀，飯顆山頭太瘦生。

葉昌熾再次借用古人之口表明了自己的心曲：《周秦行紀》乃唐代大臣牛僧孺於牛李黨爭之際所創之傳奇，渲染其夜入漢文帝母薄太后廟，與帝王后妃冥遇之故事。葉氏以《周秦紀》自比，一則以《詩讔》中實則借鑒了此種寓言式之寫法，二則以《詩讔》有大量筆墨寫有清宮闈之事。時人或以此為不臣之行，然則實為晚清士大夫所習用。若王小航（照）作《方家園雜詠紀事》談晚清諸事，詠前有小引云：「方家園者，京師朝陽門內巷名。慈禧、隆裕兩后母家所在也。恭忠親王（奕訢）曾言：我大清宗社乃亡於方家園。」葉昌熾於此事亦早有灼見，《緣督廬日記》戊戌年九月初九日明言：「然則康梁之案，新舊相爭、旗漢相爭、俄英相爭，實則母子相爭。」正是其寫作之心曲。「飯顆山頭太瘦生」者，則直用李白調杜甫詩句，而重在「苦吟」二字也。晚清政局板蕩，幾經時變。時人吟詠之餘，個中困

22 祁寯藻等：《〈青鶴〉筆記九種》（北京：中華書局，2007），頁151。

苦，不欲與外人道，故化為詩人之隱史與隱言。於百年之後，猶可被今之讀者偶拾起一分片羽零光。

（此文原載香港文學館《方圓》雜誌二零二四年夏季號 總第二十一期）

啄木鳥的秘術——葉昌熾〈秦州雜詩〉的一種讀法

晚清金石大家葉昌熾善詩，曾著有《奇觚庼詩集》三卷。其〈秦州雜詩〉第四首有「啄木鳥能施敕勒」句，頗值得玩味。此詩是這樣寫的：「軒窗四面足盤桓，墻外青山更飽看。啄木鳥能施敕勒，眠花蝶亦夢邯鄲。竹如佳士難常見，松比儒官卻耐寒。鎖院靚深非卻掃，焚香攤卷一憑欄。」

該詩言語淺近，固不難索解。而唯獨啄木鳥何以能施敕勒，卻一直在我心頭縈繞許久。這裏的「敕勒」，當然不是樂府雜歌中的那个北方遊牧部落，而是古代的一種常見的除妖驅鬼秘術。我忽然想起《清稗類鈔》中一則關於彭玉麟和友人蕭滿的故事，大致是說兩人均好扶乩，而蕭滿更是善敕勒術：「一日，剛直（按：即彭玉麟）在書院中作文，而滿至，大呼曰：『速助我，不然，敗矣。』問何事，則其時衡陽縣城中有書肆曰集賢者，其主婦為妖所憑，延滿施敕勒之術，大為所窘，飛一石至，幾碎其顱，故欲與剛直俱往扶箕也。」彭玉麟是俞樾的至交，兩人又是兒女親家，這則軼事自然被俞樾寫進了他的志怪小說《右仙臺館筆記》中。於是我草草翻閱，發現筆記中所載「善施敕勒」之人可謂累牘可見。但施術者不是修道之人便是江湖方士，啄木鳥又何以亦能施除妖驅鬼之術呢。

啄木鳥，古稱為「鴷」。《爾雅》說：「鴷，斫木，鳥巢木中。嘴如錐，長數寸。常斫樹，食蠹蟲。喙振木，蟲皆動也。」所以西晉張華注《禽經》時便說「鴷志在木」。鴷鳥能啄開樹木這件事，在古人看來或許太過奇特，所以人們便往往將其能力與靈異的秘術附會在一起，認為鴷鳥能開木幷不是出於長喙的功用，而是上天賜予的神秘法術。久而久之，連啄木鳥本身也被視作異物了。宋人陸佃的《埤雅》引《五姓秘要》說：「相山之法，欲如生蛇之渡水，又欲如斲木之飛翔。生蛇渡水，取其詰屈。斲木飛翔，取其一高一下。」五姓本身就是術數中對於吉凶宜忌的一種附會，到這裏我們已經明顯能看出啄木鳥被古人賦予了神秘色彩。當然這還不够，就連它具體的術法也是有明确記載的。陸佃又說「俗言此鳥善為禁法，能曲爪畫地為印，則穴之塞自開，飛輒以翼墁之。今鼠竊用其印以發扃鑰」。所以至少在宋時人們的普遍觀念中，鳥能啄木，即能開穴，人們自然將其與畫印開門相關聯 。而在成書時間稍晚的《邵氏聞見後錄》中，啄木鳥開門的方術由「曲爪畫地」變成了「以觜畫符」：「啄木穴樹巢其中，人或用木塞之，能以觜畫符，其塞自出。」可見雖然人們對於啄木鳥神秘性的猜測仍舊眾說紛紜，但無一例外的是，啄木鳥已經與這些神秘方術完全綁定在了一起。

在後代學者的記載中，「畫符」一說逐漸占據了上風。紀昀在《閱微草堂筆記》裏記載了這樣一則故事：「啄木能禹步劾禁，竟實有之。奴子李福，性頑劣，嘗登高木之杪，以杙塞其穴口，而鋸平其外，伏草間伺之。啄木返，果翩然下樹，以喙畫沙若符籙，畫畢，以翼拂之，其穴口之杙，錚然拔出如激矢。」在這則故事裏，啄木鳥的施術過程被分為了兩个步驟：首先是源於《聞見後錄》中的「以觜畫符」，但不同於往昔記載裏近乎一步起效的結果，紀昀在這裏似乎又兼采了陸佃《埤雅》「飛輒以翼墁之」的描寫，將「翼拂」作為了施術的第二个步驟。兩者相成，達到了近乎「阿拉霍洞開」的效果。若有好事者想窮究啄木鳥畫出的符咒究竟是什麼形狀，紀昀則說他曾在《萬法歸宗》中見過此符，筆畫縱橫交錯，像是小篆裏的兩个「無」字。

其實，紀昀筆下的小奴僕李福幷不是歷史記載中第一个故意堵住啄木鳥洞的好奇之人。

李福的做法，不過是步了明代鄭毅之後塵。傳說中能竊得啄木鳥開門之術的例子有很多，《埤雅》中竊印的老鼠自然是其一，但鄭毅更是不遑多讓，傳說中他甚至從啄木鳥學得開門秘術後，在勦寇攻城中以此術法大破敵軍城門（似乎生活在1440-1502年間的鄭齡也有過極其相似的經歷）。明末鄭仲夔的筆記小說《耳新》中就存在著關於鄭毅破城的記載：

> 鄭中丞毅未第時，讀書山寺中。有啄木鳥，日來窗間啄樹。公惡其聲，因以板蔽所啄隙。鳥至，將口於地畫數下，板忽墜。公異之，欲倣其畫迹。俟鳥去，以灰鋪樹底，仍板遮之。鳥果從灰上口畫，板復墜。公熟其畫，乃如前加板，以指倣鳥迹作畫，數板仍墮地。後公以中丞勦寇，攻一城，久不下，還憶其畫法。遂輕騎造城門，以手畫門上，門忽自開，大軍隨進，因獲全功。

說到這裏，我想回到葉昌熾開篇的那首〈秦州雜詩〉，因為我突然在恍惚之前獲得了一種解詩的快感——一種佛家公案中賊認識賊的奇妙體驗。葉昌熾此詩在尾聯才點明的「鎖院靚深非卻掃，焚香攤卷一憑欄」，原來正是整首詩的心機所在，啄木鳥恰巧正擅長的開門之術，不過是詩人預先留給我們的一句玩笑。我不得不懷疑葉詩這裏正是獲得了與鄭毅讀書時的完全相似的絕妙體驗：焚香攤卷之時，忽聞窗外啄樹惡聲。葉昌熾雖欲鎖院靚深，但鎖亦不得鎖，無乃苦笑一聲，鎖有何用呢，啄木鳥能施敕勒啊！不禁會心一笑。

葉昌熾集內又有〈啄木鳥〉一詩：「諺傳有秘籙，詰詘神所教。利喙如勾踐，靈怪豈諾皋。畫木如畫錐，胸篆有六爻。拾針如拾芥，不啻拔一毛。懸知造物巧，瑟柱可難膠。少見多所怪，反常即為妖。」差可與所有的逸想參看，正好引作本文結尾。「少見多所怪，反常即為妖」的事情，想來也不為古人所獨據吧。

張夢機先生七律的承祧與新變

學者論張夢機詩，除馮永軍先生主同光閩派外，其餘諸家皆主其詩宗唐而兼參宋法，集中以七言近體為佳，而尤擅七律。

近日將《夢機詩詞》讀過一通，與初讀《師橘堂詩》的印象不完全相同，我實則以為夢機七律勝在性情，不在筆力。若純以詩技巧而言，則不乏窘迫之處。張夢機先生最引人入勝的作品，當推集中第一首七律〈坡陀〉，作於張教授二十三歲時：

坡陀東去類奔鯨，門對危崖勢更橫。到處湖山當簟枕，有時星斗作棋枰。博殘此日拚孤注，鹿走中原待一爭。噓噏可能摶大塊，上窮碧落下滄瀛。

其妙處在於打破了「行雲流水」的書寫範式，行於所不當行，止於所不可止。但通觀其早年作品，仍不免以模仿為業，諸如「黃淤此日驚身鶴，碧渚當時憶臉霞」（〈枯荷〉）等湊泊之作時有一見。類似〈坡陀〉的作品恐怕仍是偶然出於一種不自覺的創作，未得賡續，難免令人遺憾。

夢機先生早年詩句多從其師李漁叔《花延年室詩》中化得，筆下所題未必皆是眼中之物。如李漁叔作「寒谿十里生虛籟」，張夢機作〈春思〉詩則言「十里春溪生遠籟」；李漁叔有「休輕濡墨染苔衣」，張夢機則有「休輕漬墨涴蒼苔」。此法或句中顛倒用詞，或詞中稍易一字，終歸是詞本位的承襲。在用詞之上，又或有整聯套用乃至翻案者，則是造句上的模仿。如李漁叔「聞道相公新政美，也須歲熟似元豐」，張夢機「坐聽風謠新美政，可能歲熟似元豐」；李漁叔「駑馬自嗟前路遠，疏蟬應識舉家清」，張夢機「跛鼈羨人行腳健，秋蟬知我舉家清」之類。取法有自，偶有後出轉精，亦能令人擊節。

然而，張夢機詩與李漁叔詩風終究不似，不可因模詞仿句之事而混為一談。李漁叔閱歷極富、眼界特大，其臨海諸什如「夷歌響答千家笛，海色涼侵一市燈」句，意境開闔，猶見筆力。張夢機先生學此詩而得「都來詩袖千家笛，欲浸茶甌一壁燈」句，句法近似而境界懸殊，止於浸澤詩茗之處顯露自家風貌。蓋夢機先生早期詩擅言小，不擅言大，下筆不如乃師有張弛之度。其詩如「聚村瓦舍三千戶，照海漁船五百燈」「久拋文案三千牘，又見山樓十萬燈」，侈言數字之大，不知詩中用字宜細不宜粗，轉不如李漁叔「已嗟港口千帆盡，不見潮頭一線來」詩讀之有味。

夢機先生七律在其晚年中風之後，發生了不小的轉變。大概是夢機病居藥樓幾達二十載而作詩不輟的生活，導致其審美風格和文學技藝較之中早期詩作實在有了些長足的轉變及精進。比如化用《花延年室詩》之時，不再拘泥與辭藻句法，而精研謀篇用意之道，故較前期猶為遠勝。如李漁叔曾作〈感近事詩〉有「未信人才輸寇盜，權憑脂粉壯江山」句，夢機先生晚年作〈選美〉詩云：「燈娟樓閣翠簾明，水盼花榮百媚生。不畏風濤失天塹，可能粉黛作長城。」三四句靈感實從「脂粉」句出，而全無因襲之感，洵為嘉構。

張夢機先生晚年七律詩的境界亦較早年開闊，身雖病廢，文風卻為之一振，在日常賡詠以外，又追憶前事創作了不少憶遊追遠感事詠史的作品。雖然這種感詠一直貫穿于生命終始，並非晚年的專屬。但對於張夢機先生來說，童年七載的大陸生活記憶終歸未必深刻，很大程度上並未成為青年時期寫作經驗的養料。我注意夢機先生早年因襲李漁叔先生詩作，便是以為這種模仿實則是某種心理經驗上的代入，藉此獲得並強化了那些童年並未來得及深度體驗的兵戈亂離和親友暌隔。

其中最為代表的作品是夢機先生二十七歲時作〈與崑陽剪燈賡吟〉九首，雖然它飽含著青年時期對家國身世的感慨，但我仍傾向將其視作帶有某種感情期待的仿作。如對於其一的開篇「周廬積潦困輕車，薄晚風寒噪暮鴉」，我們便不能以單純描寫審視。此句全用語典，合李漁叔〈雨中三絕〉「落葉周堂積潦多」，〈冬夕飲黃湘屏雙半樓〉「曲巷人歸噪凍鴉，官泥稍稍困輕車」二句而成。而更有趣的點在於李漁叔詩中「官泥」一詞，官泥指酒封，亦即宋時官釀之黃封酒。宋人有詩云「為我取黃封，親拆官泥赤」「天色漸分寒更力，道傍沽酒拆官泥」者便是此物。李詩寫冬夕夜飲客，故用「官泥困輕車」為謔。而張夢機先生〈剪燈賡吟〉其三又仿此句下「官泥真覺損芒鞋」句，須知夢機先生此組九首是以「烹茶瀹茗」為背景。此處強用「官泥」二字，或許是出於誤讀，或許是有意採用陳後山「轅犢官泥」詩作為別解，但總之都為我們尋找經驗的繼承留下了蛛絲馬跡。而此首在「芒鞋」以下，又以「南州誰起李臨淮」句為結，跨度不可謂不巨，也隱含著夢機先生青年時期的家國夢境。我之所以說「隱含」，是因為這種看似直抒胸臆的謀篇表達，實則不過只是對於李漁叔詩篇經驗的再造。李漁叔有〈癸巳上巳士林修褉〉詩云：「雨後春山面面佳，吟邊齊著踏青鞋。尚從孤微棲餘甲，誰信群賢有好懷。入座不希王逸少，收京須待李臨淮。平生久厭文章事，慷慨吾方軾怒蛙。」正以踏青鞋、餘甲、李臨淮數語相濟，或許成為了夢機先生此詩的模板。詩可言志，我相信夢機先生曾在某個時間將自己帶入到的李漁叔詩文經驗裏，而這種經驗乃至獲得此種經驗的經歷一齊構成了少年詩文的談柄。

而更有代表性的，便是夢機先生早期的七律對於李漁叔先生詩中「餘甲」敘事的繼承。「餘甲」一詞初從李漁叔「餘甲但愁生蟣蝨」句中化得，並在夢機先生詩集中數見。要知李漁叔久從軍旅，及渡臺後又參總統府介壽堂幕，故其《花延年室詩》中多寫「哀兵餘甲」之感慨，（如「哀兵又見棲餘甲，歸夢頻聞到戰場」「餘甲但愁生蟣蝨，殘疆流恨與鯨鯢」諸句），皆由身世感發。此意後即為張夢機先生學去，放入某詩中二聯云「筍籜終成湘水竹，榆錢留買洞庭雲。坐愁餘甲生群蝨，猶恐歸思瘞一墳」，僅以表示對於幼年家山的追憶。然則夢機先生與甲兵之事終隔一層，用事固不如乃師自然，而尤以「餘甲」之「餘」字見絀。李漁叔又有「危巢欲覆誠無幸，餘甲猶棲或者為」詩，亦為夢機先生化去，得「養生僻地買樓居，一舸歸湘計已疏。多恐卵殘巢覆後，亦知甲老蝨生初」一律。覆巢完卵本以「家」言，李漁叔借之以喻國事，夢機先生則直用本義，故此化用即較前作為佳。

然而心理經驗的代入終究不能代表夢機先生自我生命的體驗，所以到了先生晚年病居時，我最關注的還是其七律中展現出的大量以「憶遊懷友」為主題的作品。我們在其中頗能找到一些佳句，如追憶登六和塔遠眺的「欲起錢王問興廢，四青晚柘接荒蕪」，追憶潭柘寺的「臘邊有客攜寒氣，劫後無僧掃夕陽」，都是夢機先生早期七律中未見的境界，無疑完全有別於那些早期的仿製的創作。

但令人失望的是，此類詩作依舊有著多佳句少佳篇的情況，成就並不甚高，其所失之處則在乎「泛」字。即如夢機先生此類詩頷聯多用景點地名泛泛羅列，如〈憶西安〉「雁塔登臨天自近，驪山望眺雨初殘」、〈重過秣陵感作〉「淮水難回千古碧，鍾山未改六朝青」、〈記廣州行〉「低徊六榕寺，游衍五羊城」、〈西湖記遊〉「三竺流雲扶梵唄，兩堤垂柳綰詩魂」等等皆是採用同種程式化的排布模式，讀來殊覺可惜。鹿港先賢詩人洪棄生論詩嘗以不藉輿圖為勝，實在是很有道理。

龔鵬程老師曾說先生晚年病廢樓居數十年，僅作同一題詩，曰：蘗堂遣悶。而變化騰挪，力避重出，令人欽佩。這大抵是就詩人精神力而言，若單就詩句而論，實則並不無襞積稠沓之處。

張夢機先生中年以後作七律參取宋人詩法，多有求樸求拙之意。比如東坡詩有「三過門間老病死，一彈指頃去來今」句，范石湖詩有「身已備嘗生老病，心何曾住去來今」句。夢機先生喜好蘇軾，句意又與其身世相合，在寫作中也多模用其句法，嘗作詩如「書生事業詩騷賦，客地光陰日月星」「沉溺人寰鴉雀鴇，飛揚官道土塵灰」「漸變羣山雄秀險，忍論一水去來今」「同論藝事詩書畫，多愧家庖笋豕魚」云云，數疊此法而不失風致。

但是先生病榻諸作未必皆如是，句法重沓之作雖不至連篇累牘，亦俯仰可拾。比如夢機先生嘗作某律有聯云「高興已緣蟬叫起，宿酲漸被茗澆醒」，繼而又作某律云「曉夢早因雞叫醒，晚晴已被鳥銜來」，繼而又作一律云「高興漸為蟬叫起，晚晴都被鳥銜來」。三聯語句顛倒而成，如人輾轉于病榻，頗見先生晚年作詩的有心無力之感。甚至如此一種句法，不惜數疊幾至十數疊用，庶幾難當龔鵬程先生變化騰挪，力避重出的八字評語。

用意的重複亦如是。夢機先生早年曾有「榆錢留買洞庭雲」句，我初讀時，便引以為妙句。但等看到先生中年後詩稿後，又發現有類似的「荷錢」之說。其詩如「鳩悔空知呼少婦，荷錢但欲買濃陰」「甘泉購作烹茶水，荷小留為買雨錢」「密雨纔過洗槐夏，頑雲欲買欠荷錢」「梅雨同霑青嶂樹，荷錢留買碧波烟」云云，讀罷不禁伏案失笑。

最後要說的，是張夢機先生好用新詞彙的做法，雖然在臺灣詩壇產生了不小影響力，但同時也頗受學者或詩人的詬病。如馮永軍先生在《當代詩壇點將錄》中對比便有著徹底的批判，他說：「晚年好以所謂新詞彙入詩，頗以自矜。以愚論見之，究嫌不倫，多近打油，不免浪擲精力。」我在初讀《六十以後詩》及《藥樓詩藁》時對夢機先生此做法也並不在意，尤其對諸如「用新詞後必須用舊詞進行中和調劑」之類的理論不以為然，以為夢機先生過分割裂的詞與句的系統關係，造成割裂是必然情況。

但馮先生評語中的「浪擲精力」四字，卻深深刺痛了我。要知道夢機先生那些大量使用新詞彙的詩皆如龔鵬程先生所述，在晚年自選詩稿時都被剔除了，最後並沒有出現在《夢機詩詞》中。這讓我不禁想起詩屆革命中的黃遵憲，晚年的作品亦有漸漸靠向傳統的趨勢，實在是一種相距近百年的奇妙的巧合。

在寫這些詩評時，師友們曾不止一次地告訴我夢機先生晚年病居苦吟的生活。再回想起「浪擲精力」這四個字，我似乎恍惚間明白了這件事對於夢機先生的別樣意義，甚至連《夢機詩詞》中留下的寥寥數首新詞語入詩的作品——諸如「赤疫方延腸病毒，藍丸可助腎功能」「羅隱陳陶高明在，一鍋來共酸白菜」「蘭嶼拒堆核廢料，竹科漸缺水資源」「書案誰堆芭樂綠，鉛刀自剖柳丁黃」之類的句子，都覺得頗有意味了起來。

人們雖然很難解釋這些夢機老師生命中如此「自矜」的新詞彙創作，竟然幾乎沒有被納入到最後的詩稿當中的事實，但所有的推理大概只指向了一種可能——創作的意義並不在乎新詞本身，而是書寫的過程。人生中整體性的痛苦在零散的尋章摘句中得以消解，我覺得是夢機先生晚年一件幸福且重要的事。

槑庵詩藁　卷七　讀詩雜誌　終